Herzens-wärmer

Tiefgründige und heitere Geschichten
von Christl Fitz

SOCIO-MEDICO
VERLAG & AGENTUR

Bildnachweis

Christl Fitz:	Alle Bilder außer:
Peter Speckmaier:	Seiten 6 - 7, 14 - 15, 16 - 17, 36 - 37, 54 - 55, 64 - 65, 88 - 89, 90 - 91, 92 - 93
Inke Marie Schmitt:	Seiten 18 - 19, 20 - 21, 22 - 23

1. Auflage 2005

Verlag: Socio-medico Verlag + Agentur für medizinische Informationen GmbH,
82405 Wessobrunn, Telefon (0 88 09) 16 30 51
Layout: Satzstudio kreativ & mehr Padberg, 82441 Ohlstadt, Telefon (0 88 41) 7 90 91
Druck: Lindauer Druckerei Eschbaumer GmbH & Co., 88131 Lindau

ISBN 3-927290-92-0

Bezugsadresse:
Atelier und Kunstblumenwerkstatt Christl Fitz, Heigenkam 2 a, 83627 Warngau,
Telefon +49 (0) 80 21 72 03, Telefax +49 (0) 80 21 50 53 41,
fitz@kunstblumenwerkstatt.de, www.kunstblumenwerkstatt.de
oder über den Buchhandel

Herzens-
wärmer

Tiefgründige und heitere Geschichten
von Christl Fitz

mit Aquarellen
der Autorin

SOCIO-MEDICO
VERLAG & AGENTUR

Inhalt

6

Zum Beginn ...

Meine Frau Christl ist auf dem Lande aufgewachsen. Ihre Kindheit ist geprägt von bäuerlicher Umgebung, von landwirtschaftlicher Tätigkeit, von Liebe zu den Tieren und von bayerischem Brauchtum. Sie hat diese ganzen Eindrücke in sich aufgenommen und schon als Kind in ihrem Gefühlsleben gespeichert.

Es war ihr nun, als reifer Frau, immer schon ein Bedürfnis, diese Eindrücke und Erlebnisse aus ihrer Kindheit aufzuschreiben. Das ist ihr, wie dieses Buch beweist, in höchster Vollendung gelungen. Nicht alle Geschichten, die sie in diesem Buch erzählt, hat sie selbst erlebt. Und auch einige Figuren, die darin vorkommen, sind frei erfunden.

Sie hat mit ihren Geschichten nicht nur ihre ereignisreiche Kindheit erzählt, sondern auch die bayerische Seele voll und ganz erfasst, mit viel Herz und Verständnis für ihre Mitmenschen. Daher auch der treffende Titel »Herzenswämer«: Balsam für die Seele der berufs- und freizeitgestressten Zeitgenossen.

Herzlichst Ihr

Gerd Fitz

Lieber Gott

»Lieber Gott, mach mich fromm, dass ich in den Himmel komm«, so betete ich mit meiner Mutter beim Zubettgehen. Sie faltete dabei ihre Hände über meine kleinen Kinderfinger und sagte mir anschließend gute Nacht. Dann löschte sie das Licht und ging. Ich hörte die letzte unterste Treppenstufe knarren und im Parterre die Wohnzimmertüre quietschen. In unserem großen alten Bauernhaus blieb nichts verborgen. Das Haus verriet seine Bewohner durch seufzende Dielen, ächzende Bretter. Es wisperte und knisterte in den Gängen und Kammern. Manche Besucher, die einige Tage blieben, glaubten, ein Geist gehe um! Stürmte der Wind ums Haus, dann klapperten auch noch die schief in den Angeln hängenden Fensterläden. Da konnte es einem schon unheimlich zumute werden.

Wenn die Nacht sich in ihre Dunkelheit hüllte, dann kroch die Angst zu mir ins Bett. Der einzige Schutz in diesem Verlassensein der Finsternis bot mir meine weiche Bettdecke. Darunter versteckt, betete ich, dass Gott, der Allmächtige, der alles sah und wusste, wichtigere Dinge zu tun hatte, als mich hier zu finden. Was würde geschehen, wenn Er meine Bitte, die ich all abendlich an ihn richtete, sofort erfüllte und er mich noch in dieser Nacht zu sich in den Himmel holen würde?

Vielleicht aber waren meine lässlichen Sünden, die ich im Beichtstuhl dem Herrn Pfarrer anvertraute, bereits an Gottes Ohr gedrungen? Der Herr Pfarrer hatte von Gottes unermesslicher Gnade, die alles verzeiht, zu mir gesprochen und mir eine Buße auferlegt. Trotzdem war ich bedrückt, wenn ich an Gottvater dachte. War es für ein kleines Schulkind wie mich rechtens, Gott etwas vorzuschlagen? Zaghaft flüsterte die lautlose Stimme meines Herzens, denn wenn man schon den Erwachsenen nicht widersprechen durfte und bei Tisch zu schweigen hatte, wie sollte ich da mit Gott handeln? »Vielleicht ist es besser«, betete ich, »wenn du mich erst fromm machst, wenn ich so alt wie meine Oma bin, und mich dann erst in den Himmel holst!«

Was sollte ich jetzt schon dort oben im Gottesreich? Der Himmel war doch bereits hier auf Erden und es war Frühsommer.

Die Sonne leuchtete über die Bergspitzen. Wenn ich morgens zur Schule ging, dann zeichneten sich kleine rosa Linien um weiße Wolken, die über den klaren blauen Himmel schwammen. In den Obstgärten vor den Bauernhäusern verblühten die Apfelbäume und summten die Bienen. Und hoch über den Feldern jubilierten die Lerchen.

An einem dieser himmlischen Tage führte uns die Lehrerin hinaus an den Rand einer blühenden Wiese. Wir standen und schauten über ein rot schimmerndes Gräsermeer, in das die Margariten weiße Farbtupfer malten, der gelbe Hahnenfuß Pünktchen setzte und die Glockenblumen mit ihren lila Blütenkelchen leise im Wind nickten. Das Fräulein, sie kam aus der Stadt, ich glaube aus Nürnberg, denn sie redete leicht fränkisch, rief begeistert: »Kinder, wie wunderschön! Ist das nicht wie im Paradies hier! Diese Farbenpracht, in der auch noch die Tautropfen in den Fächerblättern des Frauenmantels wie Perlen im Sonnenlicht schimmern! Schaut es euch lang genug an, dies Geschenk Gottes! Später dürft ihr es malen!«

Einige der Kinder kicherten ob der Euphorie der Lehrerin! Und der Kurti, mein Freund, drückte sich zu mir hin und flüsterte: »Wos de wieda moant. Des is' doch ned s'Paradies! So a Krampf! Des rote, woaßt scho, des is' da Sauerampfer, den duat mei Mama in' Salod. Des ander san de Sauplätsch'n, a Unkraut! Des fressen d'Küah ned und an Hahnafuaß, den mengs' a ned! Der is giftig. De Wiesen miassad scho lang g'maht werd'n, sunst werd s'Gros oid, na meng's d'Küah übahaupt nimma und Milli geb'ns a nimma vui!«

»Na! Na des is' koa Gottes G'schenk, koa Paradies! De Wies'n is' fürs Silo guat. Und wenn's morg'n renga tuat, na foits' ins Lager, na konnst as bloß no heigna für d'Roß. De meng a oids Hei, sunst kriagns' a Kolik!« Und der Kurti musste dies alles wissen, denn der wollte später ein Bauer werden!

Aber verstand der Kurti auch etwas von meinen Ängsten? Was wusste er vom Himmel, wenn es sich nicht ums Wetter drehte? So vertraut waren wir beide auch wieder nicht, als dass ich mit ihm über meine Gedanken, Gott würde mich schnell fromm machen, hätte reden können. Außerdem war meine Mutter evangelisch und aus Norddeutschland, was in unserer rein katholischen Gemeinde zu einigem Misstrauen führte. »Ma woaß ja nix g'wiss, aber de Evangelischen bet'n anders wia mir und de Preiß'n wahrscheinlich a!« So wurde geredet, wobei man mich sonntags nach der Kirche, allein dastehend, etwas mitleidig beäugte.

Nein, die Sache mit Gott war einzig und allein mein Problem. Das konnte ich niemanden anvertrauen, auch nicht meiner Mutter! Warum meine Sorgen auf die ihren packen? Denn sie mahnte: »Seid leise, die Wände haben Ohren!« Sie warnte, wenn unvorsichtige Besucher zu offen ihre Meinung über den Krieg, den Führer und andere Dinge sagten.

Ich lief in den Wald, wie ich es oft tat. Hier war es still. Irgendjemand hatte Holz geschlagen, der feine Duft von Harz zog mir in die Nase, vermischte sich mit dem Geruch des Farnkrauts und frischer Blätter. Ich lauschte dem leisen Rauschen des Windes in den Fichten. Ich setzte mich auf einen Stamm und dachte lange nach. In der Ruhe lösten sich meine Probleme und ich fühlte mich nicht mehr verloren und allein, sondern umgeben von meinem Schutzengel. Ihn bat ich, mich zu leiten und abends betete ich das Vaterunser.

Der Kurti und ich

Dass diese Ehe nicht gut gehen würde, wusste ich von dem Moment an, als der Kurti mich fragte, ob ich ihn heiraten wolle. Trotzdem sagte ich ja und ließ mir von ihm ein ungenaues feuchtes Bussi ins Gesicht drücken. Von da ab gingen wir miteinander und der Kurti zeigte sich stolz. Wenn ihn sein Vater nach der »Schicks« fragte, dann deutete er mit einem seiner meist dreckigen Finger, auf mich und erklärte: »Da steht's, de Mei!« Mir war das von Anfang an peinlich, dass er mich so offiziell vorstellte.

Sicher war das meinen Eltern nicht recht und ein Geheimnis zu haben, noch dazu von derartiger Wichtigkeit, fand ich aufregender, als alles gleich auszuplaudern. Denn damit hatte mir der Kurti die Möglichkeit genommen, mich im Kreis meiner Freundinnen mit angedeuteten Vetrauensseligkeiten wichtig zu machen.

Dann kam die Zeit der reifen Kirschen. Nach einem verregneten Mai starrten wir sehnsüchtig die hohen alten Bäume hinauf, wo die süßen Früchte üppig reiften. Jetzt musste ich mir Kurtis Liebe nicht mehr Gänseblümchen zupfend auszählen: »Er liebt mich von Herzen, mit Schmerzen, über alle Maßen, ein wenig oder überhaupt nicht.« Jetzt war für den Kurti die Gelegenheit da, Mut zu zeigen, um mir seine Liebe zu beweisen. Die lange, schwankende, an einer Astgabel festgebundene Leiter Sprosse für Sprosse nach oben in einen Kirschbaum zu klettern, dazu gehörte schon was!

Nur mein Kurti traute sich bis in die Spitze der Baumkrone. Und oben in luftiger Höhe angekommen, schlug er sich erstmal den Bauch voll mit den kleinen, süßen, schwarzen Bauernkirschen, aus denen der Saft spritzte, wenn man wie er, gleich fünf oder sechs in den Mund steckte.

»Schmeiß mir aa a paar obi«, bettelte ich vergeblich mehrfach von unten. »Weiber miass'n wart'n!«, plärrte der Kurti zurück und äffte damit seinen Vater nach. »Wenns't mir koane obi schmeißt, nacha kimm i aufi«, schimpfte ich und bestieg zum Beweis die erste Sprosse der Leiter. Der Kurti aber tat so, als hörte er mich nicht und spuckte die Kirschkerne in meine Richtung. Da wurde mir blitzartig klar, wenn ich mich jetzt nicht behauptete, dann hatte ich an seiner Seite ein schweres Los. Eilig stopfte ich meinen kurzen Rock in die Unterhose und kletterte hinter dem Kurti her. Auf halber Höhe begann die Leiter plötzlich gefährlich zu schwanken. Mich verließ mein ganzer Mut und schissig schaute ich nach unten.

In diesem Moment ertönte von oben ein Entsetzensschrei: »Geh obi, schaug dass' d obi kimmst!« Ich beachtete sein Geschrei überhaupt nicht, weil das sicher wieder nur eine seiner kleinen Gemeinheiten war, mit denen er sich aufspielte, wenn er seinen Vater nachäffte (»Weiber miass'n vo Anfang o wiss'n wo da Bartl an Most hoit! De soin si ned so aufmandl'n!«). Der Kurti forderte noch einmal: »Warsd' ned auffig'stieg'n! Schaug dassd' von da Loata obi kimmst! Schnei!«

Dann tröpfelte und pritschelte es auf einmal auf meinen Kopf und eine warme Brühe rann mir übers Gesicht und der Kurti heulte herunter: »I ko's nimmer hoit'n, i muass biesl'n!«

Das war das Ende unserer Verlobung. Es war auch gut so, denn im Herbst desselben Jahres kamen wir in die Schule. Und von da ab hatten wir andere Probleme.

Himmelsplatz

Was gibt es Schöneres, als im Sommer die Tage zu vertrödeln, in die Wolken zu träumen und sich dabei Geschichten auszumalen. Hinter blühenden Geranien, die üppig in schmalen Kästen wuchern und gefährlich mit ihren Blütendolden über die Balkonbrüstung hängen, entdeckt mich niemand. Ich habe mich versteckt. Ich sitze geschützt unterm Dach der oberen Altane, so heißt hier der Balkon – und studiere die Fabelwesen im Blau des Himmels.

Riesige weiße Wolkenberge bauen sich über mir auf und nehmen in meiner Phantasie Gestalt an.

Es ist ein Zirkus, der durch die Lüfte zieht. Ein Elefant mit endlos langem Rüssel kommt daher. Fette Nilpferde, die Federbetten vor sich herschieben, und ein Kamel schwimmen über das blaue Meer, in das ich mich hineinträume. Und mir scheint, als hätten sie es alle eilig, würden verfolgt von den drohenden Wolkenungeheuern, die hinter ihnen herreisen. Und plötzlich verdunkelt sich das Sonnenlicht, das die Rosenpracht im Garten wie die Kulisse einer Märchenbühne beleuchtet und im Wasserspiegel des Brunnens verschwommen von der Schönheit der Trauerweide erzählt. Überraschend und schnell kündigt sich in der heiteren Sommerwelt ein Unwetter an!

Vom Wind getrieben, türmen sich dunkle Wolkenkolosse über meinen Wanderzirkus. Mir kommt es so vor, als stiegen die Mächte der Finsternis von der Erde zum Himmel auf. Sie übermalen die leuchtend blaue Farbe des Firmaments und formen und färben die watteweißen Sommerwolken zu grauen, unförmigen Gebilden.

Sturm biegt die Bäume im Garten, jagt Blätter über die Straße und spielt mit einigen Heubüscheln, die auf der abgemähten Wiese liegengeblieben sind. Und vom Apfelbaum fallen die Frühäpfel. Der Wind treibt seine Spielbälle aus Heu in den Ententeich, wo sie das Federvieh erschrecken und in Entengrütze versinken.

Entfernt zucken Blitze, die mir Angst machen, sie leuchten kurz auf, erhellen die Landschaft blau, grün und schwefelgelb und es donnert! Hier auf dem Balkon ist es noch warm und gemütlich. Ich schlinge meine Arme um die Knie und beobachte die Theateraufführung der Natur.

Es knackst und knistert um mich herum. Das wettergegerbte Holz unseres Hauses regt sich, als würde es sich dehnen, strecken und seufzen nach den ersten schweren Regentropfen, die jetzt zu Boden klatschen. Dampf steigt von den dürstenden Gartenbeeten und Wiesen auf, und es riecht nach frischer Erde und feuchtem Gras.

Ich sitze und atme die frische, sich langsam abkühlende Luft. Das tut gut nach langen heißen Wochen.

Dann aber öffnen die schweren Wolken über meinem Dach ihre Schleusen. Schon trommeln und prasseln die Regenmassen hernieder, als müssten sie die Erde tränken und überschwemmen mit ihrem nassen Segen.

Ich lausche der Sprache des Wassers, wie es in die Dachrinne rauscht, das Rohr hinunter gluckst und fällt, um zuletzt in die Zisterne zu platschen.

Und unter mir auf dem Hof bilden sich kleine Seen und ein reißender Bach schießt über den Weg, die Wiese dahinter versinkt im Nass. Immer mehr nimmt die Dramatik des Gewitters zu. Sturmwind zaust meine Haare und weht mich fast von meinem Aussichtsplatz.

Es blitzt und kracht gefährlich am Himmel. Ich starre in grüne leuchtende Zackenblitze, die vom Donner begleitet jetzt direkt über unserem Hof scheinbar den Weltuntergang besiegeln.

Ängstlich flüchte ich mich zurück ins Haus, schlage die Balkontüre zu, jage die Treppe hinunter, laufe in die Küche. Betty, unsere Köchin, steht am Herd, sie betet laut, auch sie hat Angst! Es donnert, blitzt, blitzt und donnert und es kracht, dass unser altes Haus wackelt. Und jetzt! Jetzt hat es irgendwo in der Nähe eingeschlagen! Es wird Nacht! Hier in der Küche flackert das niedergebrannte Herdfeuer. Rote Lichtstreifen schimmern durch das Schürloch.

Betty tastet sich zum Herrgottswinkel. Waren es zuerst die ins Feuer geworfenen Palmkätzchenzweige, die uns vor dem Unwetter schützen sollten, so greift sie jetzt nach der schwarzen Wetterkerze. Die Kerze ist am Altar der schwarzen Mutter Gottes von Altötting geweiht worden.

»Heiliger Leonhard, beschütze unsere Kühe und auch die Pferde vor Unheil und Blitzschlag!« Betty und ich rufen mit Inbrunst ein Stoßgebet zu den vierzehn Nothelfern. Wir bitten sie um ihren Beistand und glauben, mit Hilfe der Heiligen werden Haus und Hof und seine Bewohner sicher vor Unheil bewahrt.

Der Regen strömt vom Himmel, aber, oh Wunder, langsam wird es draußen wieder heller, fällt das Nass vom Himmel feiner, beruhigt sich das Inferno, das eben noch über uns war.

Das Gewitter zieht weiter!

Die Abstände von Blitz und Donner – eins, zwei, drei – werden länger. Und im Westen kommt die Sonne wieder zum Vorschein, strahlt mit unnatürlich gelbem Licht zwischen den davonziehenden dunklen Wolken. Schon färben lila und türkisblaue Streifen den Himmel freundlicher, mein Sommertag kehrt zurück!

Erleichtert springe ich über die Treppenstufen hinauf, zu meinem geschützten Aussichtsplatz unter dem Dach, wo die Geranien ein wenig gelitten haben.

Jetzt gibt es einen Regenbogen! Da spannt er sich auch schon weit über meine kleine sichtbare Welt, über die Wiesen und Wälder und leuchtet in paradiesischen Farben. Ich bewundere die Schönheit dieser Himmelsbrücke, von der es in der Bibel heißt: »Ich setze euch ein Zeichen.«

Es heißt aber auch, wer den Anfang des Regenbogens entdeckt, findet dort ein Schüsselchen randvoll mit Glück und Gold. Ich hab's noch nicht gefunden und bin trotzdem glücklich.

Das Geschäft

Einmal beschlossen der Kurti und ich, ein Geschäft zu eröffnen. Wir waren sieben Jahre alt und planten unsere Unternehmungen meist gemeinsam. Die wenigen Zehnerl, die jeder von uns geschenkt bekam, oft auch zur Belohnung für kleinere Dienstleistungen, verschwanden meist auf Wunsch der Spender in unseren Sparbüchsen. Aber nun waren wir beide in die Schule gekommen und erlebten, wie andere Kinder über kleine Geldbeträge verfügten und diese auch ausgaben, ohne dass ihre Eltern davon erfuhren!

Im Dorf unweit der Schule gab es einen Kramerladen und die Versuchung, dort auch etwas einzukaufen, lockte wie die Schlange im Paradies! Kurtis Vater grantelte bei der schüchternen Anfrage, ob es möglich sei, von ihm ein zusätzliches Taschengeldzehnerl für die Ausgaben bei der Kramerin zu bekommen, seinen Sohn an.

»Den schaug oh, den Saubuam! I' kriag von deiner Mama, die unser Geld bewacht, wia a Kettenhund sei Hütten, ned amoi Zigarettengeld! Obwoi i's nieder schmus wia sie's mog! Aber er, der Herr Sohn, der Hosenscheißer, möcht'a Zehnerl im Monat für nix und wieder nix!« Und wie häufig, wenn er nicht weiter wusste, setzte er hinzu: »Schleg kunnst hab'n, wenn'st ned sofort mit deiner Bengserei aufherst.«

»Wie kommst denn Du ausgerechnet jetzt, im ungünstigsten Moment, auf die Idee, Taschengeld zu fordern?« fragte mich meine Mutter. Sie war mit der Abrechnung des Milchgelds beschäftigt und saß wie gewöhnlich bei dieser Arbeit an ihrem Schreibtisch. Seufzend meinte sie, ohne mich zu beachten: »Es kommt mir so vor, als wären wir im Moment mit einem leeren Fischkutter auf einer Sandbank gestrandet!« Auf der Liste, die sie beiseite schob, standen Zahlenkolonnen, die ich mit aufmarschierten Zinnsoldaten verglich. Dann begann meine Mutter, und ich wusste sofort, was sie wollte, umständlich in einigen der vielen kleinen Schublädchen des antiken Sekretärs zu kramen. Sie suchte nach meinem Sparkästchen!

»Ich muss dich wohl wieder um eine Anleihe bitten«, sagte sie.

Wir machten des Öfteren kleine Geschäfte miteinander. Das heißt, ich lieh ihr meine kleine Barschaft und bekam es zu Anfang des nächsten Monats, verzinst mit wenigen Pfennigen, zurück. »Drei unserer Kühe stehen trocken«, sagte sie diesmal, »Du weißt, sie geben erst wieder Milch, wenn sie gekalbt haben. Dann aber wird das Kalb noch sechs Wochen gesäugt. Wir müssen noch einmal warten, bis wir die Kuh wieder melken und die Milch von ihr an die Molkerei liefern können.«

Ein blaues Kästchen mit winzigem Schlüsselchen und bewacht von einer gelben, aufgeklebten Holzente, das war meine Bank! Zum Monatsende reichte die Barschaft meiner Mutter oft nicht mehr aus, um mittwochs beim Bäcker, der mit einem kleinen Wagen herumfuhr, das Brot, oder beim Postboten einige Briefmarken zu kaufen. Dann suchte meine Mutter nach meinem blauen Kästchen!

Aus all diesen und anderen Gründen wollten der Kurti und ich uns selbständig machen. Da der Kurti davon träumte, später Bäcker zu werden, war es für ihn selbstverständlich, einen Kuchen zu backen und diesen zu verkaufen. Aber welchen Laden sollte ich eröffnen, mit welcher Ware konnte ich handeln?

Wenn wir uns morgens auf unserem Schulweg auch sehr beeilen mussten, war der Heimweg um so gemütlicher. Es war Herbst, wir trödelten über die Wiesen. Meist hütete jemand von den umliegenden Bauernhöfen im milden Sonnenlicht die Kühe. Im Allgemeinen war dies die Aufgabe älterer Mädchen, die schon die Feiertagsschule besuchten. Bald wurde dieser Sonntags-Schulunterricht abgeschafft.

Mich hat es nicht mehr getroffen! Ich bin in eine vierklassige Dorfschule gegangen und manche der älteren Kinder hatten Angst, allein über den gegenüber vom Schulhaus liegenden Friedhof zu gehen. Der Kurti und ich begleiteten die Angsthasen und kamen uns dabei ungemein mutig vor. Die Abkürzung an den Gräbern vorbei war der schnellste Weg, um zur Kramerin und ihrem kleinen Laden zu gelangen.

Das winzige, in einem Kammerl eingerichtete Geschäft neben dem sogenannten Hausflöz, dem Hausgang des Mesners, war das Paradies all unserer Kinderträume. Hier gab es alles, was man brauchte. Da schaufelte man das Mehl aus groben Säcken in mitgebrachte Tüten, hier wurde das Viehsalz in großen, rosa Brocken mit nach Hause genommen, manch ein Kunde ließ sich die Salzheringe in Packpapier wickeln und erstand auch gleich noch Nägel und das nötige Lederfett für Schuhe und Pferdegeschirre. Und alle Gerüche der verschiedenen Spezereien und Waren vermischten sich zu einem Duft wie aus »Tausend und einer Nacht«. Über dem Ganzen schwebte wiederum der Duft edlen Tabaks. Der Kurti und ich drückten uns oft neugierig staunend in eine Ecke. Wir beobachteten, wie die Ladnerin Essig in mitgebrachte Flaschen abfüllte, geschäftig ihre Kunden bediente und nebenbei kicherte, wenn sie irgendeine Neuigkeit erfuhr. Denn der Treff bei ihr war auch die Ratschbörse des Dorfes.

Wenn sie die klebrigen Zuckerln, die Guatln, in Goldpapier gewickelte Karamellbonbons und den herrlichen schwarzen Bärendreck aus großen Gläsern fischte und in kleine spitze Tüten füllte, dann waren es fast regelmäßig die »Geldigen« aus der Schule, die sie bediente. Neidisch schauten wir zu, wie sie sich anschließend eine Tüte mit Brausepulver in die Handfläche streuten und diese köstlich auf der Zunge bitzelnde Säure langsam aufleckten. Was blieb dem Kurti und mir, die wir kein Geld besaßen, übrig, als mit großartigen Sprüchen zu erklären, dass wir diese süßen Zungensünden sowieso nicht mögen würden, dass uns der Magen bereits zugeklebt sei von dem Überfluss, den wir Tag und Nacht an Schleckereien zu Hause bekommen und genießen dürften. Der Kurti war Meister im Aufschneiden, was mir nicht immer gelang.

Mein Freund und ich beschlossen also, unsere Idee, ein Geschäft zu eröffnen, um genügend Geld für die Süßigkeiten der Kramerin einzunehmen, in die Tat umzusetzen. Während der Kurti schon eifrig anfing, auf dem heimischen Küchenherd kleine Fladen aus Mehl und Wasser zu backen und bemüht war, sich dabei nicht von seiner Mutter erwischen zu lassen, schwankte ich noch in meiner Entscheidung! Ich überlegte, kleine Bücher mit spannenden Geschichten, die ich schreiben wollte, herzustellen und mit diesen zu handeln. Ideen gab es genug. Aber ich kämpfte im Unterricht noch mit einigen Buchstaben und tat mich schwer mit der Schönschrift.

Ein Blumenladen! Das war das Richtige für mich! Ich knotete unser Serviertablett an meine beiden Schürzenbänder und hängte es um den Hals: Der Bauchladen war fertig! Woher jedoch die Ware nehmen? In unserem Garten blühte nichts mehr, die Wiesen ums Haus waren abgemäht. Sollte ich auf Gemüse umsteigen? Die Küchen-Betty, die gerade Spinat erntete, schenkte mir eine gelbe Rübe und jagte mich damit aus den Beeten.

Was tun? Ich dachte an den Garten der Nachbarin! Den Berg hinunter und wieder hinauf, so weit war der Weg. Aber dort, das wusste ich, blühten die edelsten Dahlien. Auch Herbstastern, Löwenmäulchen und letzte Wicken steckten ihre Blüten durch den Zaun. »Die Nachbarin besitzt den grünen Daumen«, bemerkte meine Großmutter immer wieder. Was auch immer das für eine merkwürdige Krankheit war, ansteckend war sie sicher nicht. Denn bei uns hatte sich noch kein Finger grün verfärbt.

Endlich war ich beim Nachbarsgarten angekommen. Vorsichtig pirschte ich mich am Zaun entlang. Eine riesengroße, leuchtendgelbe Pompondahlienblüte hatte es mir angetan. Sie war wie die goldene Sonne und wunderschön! Die wollte ich haben und verkaufen! Dafür würde ich gutes Geld bekommen, bestimmt zwanzig Pfennige! Begehrlich langte ich nach dem festen Stengel, riss, rupfte, zerrte, und hielt zu meinem Schreck nur den Kopf dieser kostbaren Blume in Händen. Inzwischen war der Kurti hinter mir aufgetaucht. Wir hörten eine Stimme in unserer Nähe, eine Kundin? Gleich würden wir Umsatz machen! Ich rechnete bereits unseren Gewinn aus und dachte an die Süßigkeiten im Laden der Krämerin. Der Kurti dekorierte meinen Bauchladen, legte auch seine Kuchen dazu. Ein blaues Kopftuch tauchte hinter den Johannisbeerstauden am gegenüberliegenden Ende des Gartens auf. Dann die ganze Person, wie die Hexe im Märchen von Hänsel und Gretel. Es war die alte Bäuerin! »So, verkaaf'n woit's wos? Erst Bleami obreiß'n aus unserm Gart'n, dann ...! Wos g'stoins kaaf i ned!«, keifte sie und kicherte böse.

»Na, i kimm von unserm Gart'n«, versuchte ich schüchtern zu retten was zu retten war und wurde rot und verlegen dabei!

»Und liag'n a no! Du Fratz!« Das blaue Kopftuch näherte sich uns gefährlich und ein Holzschuh kam angeflogen. Der Kurti ergriff zuerst die Flucht. Dann nahm auch ich Reissaus, denn vor der alten Frau hatte ich mich immer schon gefürchtet. Mein Bauchladen kippte nach vorne, unsere schöne Ware flog irgendwohin und wir rannten nach Hause.

Am Abend beichtete ich dann meiner Mutter die Geschichte und ich erzählte ihr auch, dass ich erst gestohlen, dann gelogen und dann auch noch so ungeschickt gewesen war, die gesamte Ware zu verlieren! »Nimm es als Lebenserfahrung, mein Kind«, meinte sie liebevoll und ergänzte: »Ehrlich währt am längsten!« Sie nahm mich tröstend in die Arme. Aber ich konnte lange nicht einschlafen, denn ich fühlte mich vor allem der schönen goldenen Blume gegenüber schuldig. Sicher hätte sie gerne noch in der Sonne geleuchtet, den Herbsttau auf ihren Blättern gefühlt und ihre Zeit zu Ende geblüht. So aber musste sie irgendwo auf der Schotterstraße verwelken, ohne noch jemandem eine Freude zu bereiten.

An Margarethe

Liebe Margarethe,

Erinnerst Du dich noch an das kleine Mädchen mit den schiefen Zähnen, den kurzen Haaren und dem mit einer Libellenspange festgesteckten »Propeller«? Du weißt, so nannte man damals eine überdimensionale Haarschleife. Du hattest bei meiner Mutter, ihr kanntet euch flüchtig, angefragt, ob »die Kleine« mit Deinen Zwillingstöchtern spielen wolle. Dein Vorschlag, mich hin und wieder abzuholen und abends wieder nach Hause zu bringen, fand meine Mutter gut.

Als sich dann aber herausstellte, dass ich zwei Jahre jünger war und noch am Rockzipfel meiner Mutter hing, galt diese Einladung nicht mir, sondern meiner Schwester. Sie war vernünftiger, älter als ich und konnte viel besser lesen! Da Deine Töchter zwei Jahre später ins Internat kommen sollten und meine Eltern dies auch für meine Schwester geplant hatten, fanden alle die Idee ganz praktisch, dass »die großen Mädels« sich jetzt schon kennen lernen sollten.

Es war 1941 oder 1942 im Herbst. Meine Mutter erwartete Dich, um mit Dir den gegenseitigen Besuch meiner Schwester und Deiner Töchter zu besprechen. Du kamst mit dem Fahrrad über schlechte Kiesstraßen aus dem Tegernseer Tal, wie Du meiner Mutter anfangs berichtet hast. Weil ich euer Gespräch nicht stören sollte, wurde ich in den Garten verbannt, saß neben meiner Puppe im Gras und starrte sehnsüchtig Richtung Wohnzimmer. Dort war für Dich der Tisch mit einer Spitzendecke und dem wertvollen Berliner Service gedeckt worden. Auf den rosa Stoffservietten lagen silberne Kuchengabeln und im gleichen Rosa blühten die letzten Rosen aus dem Garten in einer kleinen Vase. Es gab Apfelkuchen nach einem Rezept aus Großmutters Kochbuch und Schlagrahm! Und auf diesen Genuss sollte ich wegen Dir verzichten? Ich hörte Euch reden und lachen.

Der Nachmittag zog sich endlos hin. Ich suchte mir einen Stock, erklärte ihn zum Zauberstab und hoffte vergebens, er hätte magische Kräfte. Nichts brachte Dich zurück auf Dein Fahrrad, weg vom Apfelkuchen, weg von meiner Mutter. Ich wünschte Dich auf den Mond! Meine Beschwörungen klangen zwar geheimnisvoll, blieben aber leider ohne Wirkung. So musste ich gelangweilt warten, bis du von selbst wieder gehen würdest! Die tiefen Schatten der Bäume am Ende des Gartens waren lang und schmal geworden, die Sonne leuchtete schräg über die Wiesen und weiter unten im Tal stieg bereits leichter Herbstnebel auf. Endlich wurde ich herbeigerufen: »Mach einen Knicks und verabschiede dich!«, forderte mich meine Mutter auf und schubste mich leicht. Stattdessen musterte ich Dich neugierig und starrte Dich an.

Du trugst ein weißes Lodenkostüm in Trachtenart mit grünen Streifen am Rock. Grüne Haferlschuhe und grüne Socken passten in der Farbe genau dazu. Alle Loden-Mäntel oder -Kostüme, die ich bei meinen Eltern oder deren Freunden gesehen hatte, waren braun oder grau! Auch mein eigenes Mäntelchen war in der selben Art und aus festem Loden genäht worden. »Die haben ein weißes Schaf zu Hause«, stellte ich sachlich fest. Wir hatten nur braune Schafe und vor allem die Gretel. Von diesem Schaf stammte meist auch die Wolle, die gewebt vom Schneider im Dorf für uns zu Kleidung verarbeitet wurde. Gretel war ein Bergschaf, das jede Gelegenheit nutzte, sich von Stricken, Pflöcken oder Zäunen zu befreien, um abzuhauen. Dann wurde ich losgeschickt, dieses Luder wieder einzufangen. Oft war ich den ganzen Nachmittag unterwegs und wenn ich glaubte, unser Schaf gesichtet oder gefangen zu haben, war mir die Gretel wieder um Längen voraus.

Während ich an die Erlebnisse mit dem Schaf Gretel dachte, stand ich weiter da und schaute Dich an. Deine gelockten braunen Haare hielt ein rotes Band zusammen, das vorne an der Stirn geknotet war. Das sah lustig aus, diese modische Neuheit hatte ich noch nie gesehen. Dein Mund war leuchtend rot bemalt und Deine braunen Augen lachten herzlich.

Irgendwie passte das alles gut zusammen. »Fesch« hätte mein Vater gesagt, aber der war im Krieg, in Russland!

Dann entdeckte ich deine tiefroten Fingernägel! Du brachtest für mich eine fremde Welt in mein Kinderreich! Rote Fingernägel! Die

hatte ich noch nie gesehen und ich beobachtete fasziniert, wie Deine Hände die Lenkstange des Radls ergriffen und sich die Finger um die Griffe bogen. Ich betrachtete immer noch Deinen rotbemalten Daumennagel, als Du Dich endlich auf Dein Fahrrad schwangst. Du tratest in die Pedale und fuhrst im Licht der schrägstehenden Abendsonne davon!

Es grüßt Dich,
Deine Christl

Großmutters Apfelkuchen

7 große Boskop-Äpfel, Zitronensaft, 3 Eier,
300 g Zucker, 1 Packerl Vanillezucker,
150 g flüssige Butter, 1 Messerspitze Zimt,
150 g Mehl, 1 Tl Backpulver, Rosinen nach Belieben,
75 ml Milch, 50 ml Schlagrahm,
Butter und Mehl für die Form (Springform 24 cm)

Äpfel schälen, vierteln, entkernen und in Scheiben schneiden. Sofort mit Zitronensaft beträufeln, damit sie nicht braun werden.
Alle übrigen Zutaten miteinander verrühren und die Apfelscheiben untermischen.

Diese sehr dickflüssige Masse in eine gebutterte, mit Mehl ausgestreute Springform gießen und bei 200° C etwa 60 Minuten backen, bis der Kuchen golden und durchgebacken ist.

Der Kuchen schmeckt am Besten noch lauwarm, mit Puderzucker bestäubt und Schlagrahm dazu.

Die schöne Amalie

Meist kam die Waschfrau am Mittwoch, so auch diesmal. Während sie Bettwäsche, Socken und Kleidungsstücke nach Farben sortierte, Kernseife auf unserem Gurkenhobel in Flocken verwandelte und die Glut im Schürloch des Waschkessels mit einem Haken aufstocherte, redete sie. Einer Spieluhr gleich, die nach dem Einwurf einiger Münzen etwas herunterschnurrte, rasselte auch die Waschfrau die Geschehnisse des vergangenen Tages herunter. Sie überschüttete Betty, unsere Köchin, mit ihrem Gerede, als würde man ihr die Sprache nehmen und der Vorrat aller ihrer Worte drohe für immer zur Neige zu gehen. Betty stand mit offenem Mund und verschränkten Armen da, hörte ungläubig dem nicht endenden Tratsch zu und sagte hin und wieder »Oh mei, oh mei, so traurig.«

Die Wäscherin hatte die Neuigkeit vom Postboten erfahren und der war vom Kaminkehrer unterrichtet worden. Seit man im Dorf das Totenglöckchen hatte läuten hören, tuschelte jedermann darüber und viele reimten sich ihre eigene Version des Geschehens zusammen. Nur zu uns, die wir abseits wohnten, war das Gerücht noch nicht gedrungen. Erst die Waschfrau brachte es sensationslüstern mit auf den Hof. Mit düsterer Dramatik, um der Tragik des Todes der schönen Amalie mehr Ausdruck zu verleihen, zwischen Wannen, plätscherndem Wasser und stinkenden Stallhosen, breitete sie sich aus über das Leben und Sterben der Amalie. Wobei sie in regelmäßigen Abständen erklärte: »Ma sogt ja nix, ma red' ja bloß! Und so

traurig is de G'schicht. I hob's zwar ned kennt, aber so traurig is de G'schicht! Aber i, i tad mi Sünd'n fürcht'n, no dazua, wenn des mei Tochter … Na, i mog gar ned dro denga!«

Jetzt waren im Sortierwerk der Waschfrauenhände die Vorhänge des Wohnzimmers dran. Beim Einweichen färbten sie ab!

Ich, die ich eigentlich in der Küche meine Frühstücksmilch trinken sollte, hatte mich unbemerkt zu den beiden Frauen geschlichen. Versteckt in einer Nische, lauschte ich gespannt mit großen Ohren, ohne viel vom Sinn des Geredes zu verstehen. Und ebenso gespannt starrte ich auf die wassergefüllte Wanne, in der der Gardinenstoff anfangs rosa, dann mit tiefroter Farbe ausblutete. Das rotgefärbte Wasser und das, was ich glaubte zu verstehen, vermischte sich für mich zu einem Bild des Grauens.

Die Waschfrau erzählte von einer Blutlache, in der man die Amalie gefunden hatte.

Im Dampf der Kochwäsche, die im Kessel brodelte, im Geruch von Schmutz, Seife und Schweiß, verwandelte sich die Waschküche für mich in Dornröschens Schloss. Die böse dreizehnte Fee stand hier und begann, unsere Wäsche zu waschen. Jetzt senkte sie ihre Stimme so tief wie die eines krächzenden Raben, wobei sie mit ihrem Gebiss Schwierigkeiten bekam. Laut und zischend quollen die Sätze aus

ihrem Mund. Es klang, als habe unser Gänserich sprechen gelernt. »Abtrieb'n hot's, bei da Engelmacherin war's! Mei, und oiwei is a Mannsbild an so oana traurign Sach schuid. A jung's Ding, da mecht ma moana, sie war no unschuidig!«

»Und für ois war's dann z'spat? So a jung's, arm's Ding!«, hörte ich die Betty jammern. Dornröschens Schloss verschwand und wurde wieder zur dampfenden Waschküche und auch die böse Fee löste sich auf. Ich hustete. Betty entdeckte mich hinter den Wäschebergen, hielt mir die Ohren zu und schob mich zurück in die Küche. »Warum?«, fragte ich noch und bekam zur Antwort: »Des verstehst du no ned, Kind, für des bist du no vui z'kloa!«

Lustlos saß ich in der Küche und kaute an dem harten butterlosen Brot, auf dem die Marmelade, wie häufig, nach Schimmel schmeckte und zählte die Fliegen. Dann machte ich mich auf den Weg zur Schule. Diesmal beobachtete ich nicht, wie die Schwalben über den Himmel jagten oder die Wolken westwärts zogen. Ich dachte über den Tod nach und warum alles traurig war.

Die Amalie! Angezogen mit dem Miederg'wand, mit dem Myrthenkranz der Jungfrauen im Haar, war sie doch noch vor kurzem bei der Fronleichnamsprozession mitgegangen! Die Waschfrau, das schreckliche Ratschweib, hatte sicher von einer Anderen geredet. Amalie, die Liebe, die so gerne lachte und für jeden ein freundliches Wort hatte! In letzter Zeit war sie manchmal auf den Hof gekommen, obwohl sie weiter weg wohnte. »Warum?«, fragte ich in die Leere der abgemähten Wiesen und in die Weite der fernen Berge, die im Dunst verschwammen.

»Mei, so traurig, mir schaug'ns uns nach der Schui o! Sie is g'wiss scho aufbahrt, de Amalie!«, bestimmte der Kurti und entschied: »Do gengan mir ned glei hoam!« Das war so der Brauch. Wenn jemand in der Gemeinde gestorben war, gingen Freunde, Nachbarn und Verwandte in die Sterbehäuser. Die Toten anschauen, wie sie in der guten Stube aufgebahrt im offenen Sarg lagen. Alle durften Abschied nehmen.

Es war heiß, die Sonne brannte vom Himmel und der Weg bergab war steinig. Bis ich endlich vor dem kleinen Elternhaus der Amalie anlangte, war ich müde geworden. Hinter dem Zaun des Gartens trauerten die Blumen, ließen ihre Köpfe hängen und verblühten in der Hitze. In der Mittagsstille klangen die Tropfen des Brunnens wie einzelne Tränen. Im Schatten einer Wolke legte sich ein Totentuch über das Haus.

Ich verräumte meinen Schulranzen hinter einem Busch und fühlte mich verloren in dieser Welt des Schmerzes, von dem ich meinte, er klänge durch die murmelnden Stimmen, die ich aus dem Haus vernahm.

Das musste ich nun allein durchstehen, denn der Kurti, mein bester Freund, war nur ein Stück mit mir gegangen und dann plötzlich verschwunden. Das machte er öfter so. Gerne kommandierte er mich mit großen Sprüchen herum, dann ließ er mich im Stich. Kurtis Mama war schuld! Sie kündigte meinem Freund bei jeder sich bietenden Gelegenheit Schläge an – die dann sein Papa, meist ahnungslos, um was es sich handelte, denn er kam des öfteren mehr oder minder alkoholisiert nach Hause, im Auftrag seiner Frau ausführte. Mit kräftiger Hand erledigte er die Strafaktionen. Der Kurti tat mir oft leid. Aber der war aus Erfahrung klug geworden. Er plärrte, wenn sein Vater ihn am Hosenlatz packte. Er schrie, er müsse vorher noch auf den Abort, wie das »Häusl« allgemein hieß. Dort hatte er hinter einem Balken einen Pack Zeitungen versteckt, die er sich in die Hose stopfte. »Na g'spir i's ned«, zog er mich ins Vertrauen, was ich als große Ehre empfand und auch niemandem weiter erzählte.

Meist wartete meine Mutter mit dem Essen auf mich. Doch wer vermisste mich am Waschtag? Da trocknete meine Suppe sowieso auf dem Herd vor sich hin. Auch die Rohrnudeln, die es häufig dazu gab, waren zäh und hatten längst das Aroma des verräucherten Herdes angenommen. Wem also würde es auffallen, dass ich noch nicht zu Hause war, sondern hier vor Amalies Haus stand?

Mein Herz klopfte, so dass ich glaubte, es müsse zerspringen. Ich zog meine Schuhe aus. Leise, auf Zehenspitzen, ging ich zögernd ins Sterbehaus. Dort gelangte ich durch den Hausgang zu einer kleinen Stube. Die schöne Amalie lag aufgebahrt in ihrem Sarg. Mildes Licht schimmerte durch die Fenster, die mit Tüchern verhängt waren. Kerzen flackerten und überall waren Blumen. Sie verströmten einen starken süßlichen Duft, der sich mit einem unangenehmen fremden Geruch vermischte. Zu scheu, um mich in die Mitte des Raums zu trauen, zu schüchtern um in die Nähe der Aufgebahrten zu gehen, blieb ich an der Tür stehen.

»Heilige Maria Mutter Gottes, bitt' für uns!« Jetzt erst bemerkte ich die schwarz gekleideten Frauen, die um den weißen Sarg knieten und beteten. »Heilige Maria – wos tuat'n des Kind do? – Bitt für uns«, flüsterte eine Stimme in die leiernde Gleichförmigkeit des Rosenkranzgebetes.

»Mogst ’as a oschaug’n gell, so schee liegt’s drin, gell? Mei, so traurig, dass’ so jung hot sterb’n miass’n.«

Eine der schwarzen Frauen erhob sich mühsam aus ihrer knienden Haltung. Sie nahm meine Hand, führte mich zum Kopfende des Sarges und stellte mich auf ein Hockerchen. Sie entfernte den weißen Schleier, der sich über die Tote und den Sarg spannte, um die Fliegen abzuhalten.

Amalie sah aus wie Schneewittchen, wie sie da lag, mit gefalteten Händen, weißen Rosen zwischen den Fingern im seidenen Bett und überirdisch schön lächelte. Ein weißer Blumenkranz hielt ihre vollen blonden Haare, die zu Stopsellocken gedreht waren. Und ihr Kleid war das weiße Kleid eines Engels.

Ich hörte in mir die Stimme der Waschfrau, die sensationslüstern über die Amalie geredet hatte. Ich hörte meinen neugierigen Freund Kurti. Und ich sah den Herrn Pfarrer vor mir, der im Religionsunterricht vom Tod, von der Hölle und der sündigen Welt gesprochen hatte. Immer noch schaute ich auf die Tote, blickte ich in das lächelnde Antlitz der Amalie, die ein, wie mir vorkam, himmlisches Leuchten umgab. Sie sah aus, als würde sie schlafen, hineinschlafen in eine Welt, die liebevoller, verständnisvoller und von Licht erfüllt war.

Und ich konnte nichts Trauriges an ihrem Tod finden.
Aber ich fühlte deutlich den Schmerz und die
Trauer, welche die Menschen,
die für sie beteten, umgab.

Nur ein Mädchen

Der große Kurt war klein von Statur. Er sah aus wie der Kaiser Barbarossa, der Rotbart in meinem Schulbuch. Wenn ihn etwas aufregte oder störte, geriet er in großen Zorn. Dann hatten wir alle Angst vor ihm. Er hieß »der große«, weil er der Papa vom kleinen war.

Der kleine hieß Kurti und war mein Freund. Wir gingen zusammen in die Schule und wohnten nah beieinander.

Der kleine Kurti gefiel mir! Meistens hatte er eine kurze Lederhose an, aus der die Unterhose raushing. Im Steg seiner Hosenträger war ein Edelweiß eingestickt.

Dies war ein Symbol für besonderen Mut und Heimattreue in der damaligen Zeit. Wenn ich Kurtis Edelweiß betrachtete, dachte ich an den Quirin, den Verlobten unserer Köchin Betty. Der war bei den Gebirgsjägern und ich strickte für ihn mit steifen Kinderfingern Socken.

Man schrieb das dritte oder vierte Kriegsjahr, der Quirin war in Russland und sicher musste er dort frieren!

Im Winter wie im Sommer trug der Kurti ein kleines Trachtenjopperl, das, aus grünkariertem Stoff genäht, ein wenig ausgewachsen wirkte.

Nicht, dass man glaubt, der Kurti hätte keine Schuhe besessen, aber er lief lieber barfuß. Seine größte Mutprobe war, dass er über die Stoppeln unseres abgemähten Gerstenfeldes lief, ohne stehen zu bleiben, ohne vor Schmerz zu schreien oder die Schuhe wieder anzuziehen.

Im Winter hatte er meistens eine Rotzglocke, die er lässig mit der Hand wegwischte oder hochzog mangels eines Taschentuchs.

Ich besaß zum Schneuzen solch ein Tüchlein, was mich zu einer »Besseren« abstempelte. Und soviel ich mir auch Mühe gab, mit betont lockeren Sprüchen oder schlechten Manieren meine Familie und besonders meine norddeutsche, feine Großmutter zu vertuschen, ich blieb in den Augen meines Freundes Kurti immer eine »Bessere«. Was nicht nur am Taschentuch lag. Gehörte ich doch zu den »Vorderen«, was ihn ärgerte, weil er nur ein »Hinterer« war. Seine Eltern wohnten mit ihm und seinen Geschwistern in einem kleinen Haus in unserer Nähe. Wir beide aber, der Kurti und ich, gehörten in der Schule zu den »Oberen«. Das hing mit der geographischen Lage unserer Gemeinde zusammen und hat sich bis heute nicht geändert.

Stellten der Kurti und ich uns Rücken an Rücken, dann war der Kurti um einen Kopf kleiner als ich. Diese Größe gab mir trotz des Makels der »Besseren« eine gewisse Überlegenheit. Zumindest war das eine Weile so und dann lange nicht mehr.

Jedes Mal, wenn wir von der Schule nach Hause kamen, beobachteten wir den großen Kurti, wie er vor seinem Haus an der Ecke stand, seine Hose aufknöpfte und an die Wand bieselte. Der kräftige Strahl seines Vaters, den wir aus respektvollem Abstand begutachteten, veranlasste den Kurti eines Tages zu der protzigen Bemerkung: »Des konn i a!« Wir warteten, bis der große Kurti außer Sichtweite war. Dann stellte sich mein Kurti wie sein Vater an der Hauswand auf. Er knöpfte seinen Hosenlatz auf, holte ein kleines rosa Etwas aus den Tiefen seiner Unterhose, bog sein Kreuz durch und spritzte schwungvoll ein C an die Hauswand!

Ich sah interessiert zu, wie er sein kleines Dings hin- und herschwang. Dann verkündete ich ebenfalls: »Des konn i a!« Eilig warf ich den Schulranzen zur Seite, hob mein Röckchen hoch, zog meine Hose herunter, bog mein Kreuz durch, dass es mich fast nach hinten geschmissen hätte und schaffte einen kleinen See zwischen den Beinen. Der Kurti blickte mich verächtlich an! Von irgendwoher erklang die furchterregende Stimme des großen Kurti: »Wos deats'n ihr do, ihr Saubärn?«

Dann plärrte der kleine Kurti mit aller männlichen Überlegenheit, deren er fähig war, und seine Stimme klang so verächtlich, dass es mich tief kränkte: »Dirndl, du bläd's Madl!« Dieses kleine Lackerl veränderte alles: unsere Freundschaft! Auch mein Privileg, eine »Vordere« zu sein, war damit hinfällig! Ich konnte nicht an die Hauswand bieseln! Der Kurti war ein Mann! Er würde lebenslang an Hauswände bieseln können, und ich? Ich war halt nur ein Mädchen!

Nur ein Mädchen Teil 2

Vom Kurti verächtlich als »bläd's Madl« tituliert zu werden, beleidigte mich tief, tat ich doch alles, um es den Buben gleich zu tun. Gemeinsam, ohne dass unsere Eltern etwas davon ahnten, kletterten wir auf hohe Bäume, schossen mit einer Steinschleuder auf Nusskratscher, womit die Eichelhäher gemeint sind, schnitzten kleine Flöten aus den Stielen des giftigen Schierlings, steckten sie in den Mund und probierten einige Töne darauf. Wenn ich an die gefährlichen Mutproben denke, die wir ausprobierten, danke ich noch immer meinem Schutzengel, dass er mich vor Unheil bewahrt hat.

An dem Tag, da ich feststellte, nicht an Hauswände bieseln zu können, hob ich bekümmert meinen Schulranzen aus dem Dreck und schleppte mich die wenigen Schritte in den Kuhstall. Diese Niederlage musste verkraftet werden. Dort war es still und leer, nur um die Köpfe einiger Kälber und des Stieres, den meine norddeutsche Großmutter Zuchtbullen nannte, summte ein Schwarm Fliegen.

Unsere Kühe weideten weit entfernt am Waldrand. Die Kälber muhten mir traurig zu, als ich sie am Kopf kraulte. Der Stier brüllte furchterregend, wie häufig, seit er so böse geworden war, dass sich niemand mehr, außer Wastis Vater, der nicht in den Krieg gemusst hatte, in seine direkte Nähe wagte. Seit Monaten stand er fest angebunden auf seinem Platz. Er wurde nur, wenn eine Kuh stierte, zum Decken am Nasenring hinausgeführt. Ein schreckliches Leben!

Ich bemitleidete ihn. Oft redete ich aus sicherer Entfernung leise auf ihn ein oder steckte ihm ein Büschel Heu zu. Was er nicht immer annahm, sondern seinen Kopf hochwarf und mit Karacho soweit es seine Bewegungsfreiheit zuließ, gegen das hölzerne Fressgitter donnerte. Was wiederum zur Folge hatte, dass man mich eiligst aus der Nähe dieses Fleischberges entfernte und mir verbot, in seine Nähe zu gehen.

Und irgendwann war sein Platz leer, als ich mittags aus der Schule kam. War der Viehhändler dagewesen? Mussten wir ihn auf Befehl des Reichsnährstands – was auch immer das wieder für ein strenges Amt war – abliefern? Ich hatte vergessen danach zu fragen, außerdem erfuhren wir Kinder sowieso nie etwas, was sicher gut war!

Plötzlich horchte ich auf. Irgend jemand schien außer mir noch im Stall zu sein. Ein leises Schniefen, Seufzen und Schluchzen tönte aus dem angrenzenden, leeren Pferdestall. Hatten sie die Dackel-Hündin, die läufig war, in eine Kiste gesperrt? Nein! Da weinte jemand bitterlich, versteckt hinter dem Heuhaufen, der abends an die Pferde verfüttert wurde. Außer dem gurrenden Taubenpaar, das oft im Mist die letzten Haferkörner aufpickte, konnte ich aber niemanden sehen.

Ich raschelte durchs Heu. Tief versteckt dahinter entdeckte ich unsere Betty. Die gute Seele unseres Haushalts, die auch melken konnte. Sie hockte in der Ecke wie ein Häufchen Elend und umschlang ihre hochgezogenen Knie mit den Armen. Die Betty weinte sich herzzerreißend die Seele aus dem Leib. Die Schürze war nass und auch auf ihrem Rock zeigten sich die Spuren der vielen Tränen. Etwas Tieftrauriges, Schreckliches musste geschehen sein.

Der Quirin, den wir alle nach seinem Ernteurlaub am Bahnhof wieder an die Front, in den »bluads Kriag«, wie viele sagten, verabschiedet hatten und für den ich die Socken strickte, war gefallen! In Russland, auf dem Felde der Ehre, wie es auf der Nachricht, die an die Betty gerichtet war, hieß! Und die Betty konnte sich in ihrem Kummer nicht mehr trösten. Scheu saß ich neben ihr, still ob des Schmerzes, den sie erlitt. Ich dachte, sie hat ihn sehr lieb gehabt, wollte ihn Weihnachten heiraten, jetzt kommt er nicht mehr zu ihr zurück!

Ich schluckte, spürte die warmen Tränen, die über meine Backen liefen und war plötzlich zutiefst dankbar, ein Mädchen zu sein. Ich würde niemals auf Befehl anderer, auf fremde Menschen die ich nicht kannte und die vielleicht meine Freunde geworden wären, schießen müssen. Ich war kein Mann! Von mir wurde weder Heldentum, noch Tapferkeit verlangt! Nein! Und ich durfte weinen! Aber ich würde lernen müssen, zu erdulden, zu trösten und zu hoffen.

Meine Mutter schickte die Betty nach Hause, nach Niederbayern. Vielleicht würde ihr ein kurzer Urlaub gut tun? Sie kam trauernd zurück, denn auch dort waren viele ihrer Jugendfreunde, ihre Brüder und andere junge Männer gefallen. Je länger diese schreckliche Zeit dauerte, um so mehr Frauen weinten. Und immer mehr Frauen trugen Trauerkleidung und pflegten leere Gräber in Gedanken an die Gefallenen, die irgendwo in fremder Erde lagen!

Kinderlandverschickung

Schuhe ausziehen, barfuß laufen, den Hund mitnehmen und im Wald nach Pilzen suchen, auf dem Chiemsee Schifferl fahren und auf die Alm gehen! Da die Schule für mich eine unnütze, lästige Einrichtung war, die einen von den wichtigen Dingen des Lebens abhielt, zählte ich die Tage zum nächsten Ferienbeginn.

Aber wie neben jedem Sonnenstrahl auch der Schatten liegt, so zeigte sich diesmal über der Ferienfreude eine kleine Sorgenwolke. Ich sollte mit fremden Gastkindern, die zu uns auf den Hof kamen, die Zeit verbringen und mit ihnen spielen! Was kam da auf mich zu? Womöglich würden diese Fremden meine Spielsachen nehmen und alle meine Verstecke erkunden.

Lange bevor unsere Gäste ankamen, wurde für sie geplant und auch mir eingeschärft, mit aufzupassen, dass diese Kinder nicht unbefugt mit den landwirtschaftlichen Maschinen hantierten, sie nicht ins offene Silo, in dem man ersticken konnte, sprangen oder sonst irgendwo Unfug anstellten. Auch im Stall hatten die Ferienkinder nichts zu suchen, denn es waren Stadtkinder. Jährlich kamen sie mit der Kinderlandverschickung in den Kriegssommern aufs Land und diesmal auch zu uns.

Meinem Freund Kurti und mir machte der Gedanke an diese Umstellung in unserem gewohnten Landleben ein wenig Angst, trotz der Neugierde.

»Typisch kleine Landkinder! Was willst du von zwei achtjährigen Gören verlangen, die noch nicht mal auf der Landkarte die Orte finden, wo diese Kinder zuhause sind!«, hörte ich die Tante sagen, die sich als zahlender Dauergast schon längere Zeit bei uns eingenistet hatte. Alles, was sie sah und vernahm, wurde mit passenden oder auch unpassenden Bemerkungen kommentiert, was ich dann dem Kurti weitererzählte.

Wir trafen uns fast jeden Tag, meist kam er zu uns auf den Hof, denn er wohnte in der Nachbarschaft. An einem dieser Tage blätterten wir in dem großen Atlas, der oft aufgeschlagen auf einem Tisch lag. Mühsam suchten wir die Städte, woher die Kinder kommen sollten: Hamburg, Berlin, Köln und sogar Wanneeikel!

»Mir werd'ns dene Preiß'n nacha scho zoag'n«, drohte der Kurti. »Do brauchst gar ned zahna (= weinen) und jammern, uns foit nacha scho wos ei, wia mas ärgern kennan!«

Wir zogen uns, wie häufig, zu einer Geheimsitzung in die verschlossene Gsottkammer (= Häckselkammer) auf den Heuboden zurück. Zufällig hatten wir das Versteck des Schlüssels entdeckt und nun saßen wir auf den dort verstauten Futtersäcken der Pferde. Diesmal beredeten wir noch einmal, was auch der Lehrer über die fremden Kinder erzählt hatte.

Um sich von der Angst und dem Schrecken während der Bombenangriffe auf deutsche Städte zu erholen, wurden Kinder in den Ferien aufs Land verschickt. Luftveränderung sollte ihnen gut tun! Gegen Ende des Sommers durften sie dann hoffentlich gesund, rotbackig und rausgefüttert mit guter Bauernkost und frischer Milch zurück nach Hause fahren.

Vielleicht gab es aber dann ihr Daheim schon nicht mehr? Vielleicht waren ihre Familien inzwischen ausgebombt, im Luftschutzkeller verschüttet oder sogar tot und sie mussten bleiben, wo sie hingebracht worden waren. Die Berichte von Angst und Leid fremder Kinder überstieg Kurtis und meine Vorstellungskraft! Außerdem war nicht nur in der Schule darüber gesprochen worden, sondern auch die zahlende »Gast-Tante« gab ihren Kommentar dazu ab. Sie redete so viel, wie der Tag lang war, und wir zweifelten, ob ihre Behauptungen alle der Wahrheit entsprachen.

Während der Kurti und ich Heublumen in dickes Packpapier zu Zigarren wickelten, um das Rauchen zu probieren, schmiedeten wir Pläne, wie mit den Neuen umzugehen war. Zwar wurde uns davon kotzübel, trotzdem qualmten wir weiter. Niemand durfte davon erfahren, dass wir auf der Tenne mit Zündhölzern hantierten.

Der Krieg, die »Feinde Deutschlands« waren noch weit von Bayern entfernt. Bilder zerbombter Städte entdeckte ich immer nur auf dem berühmten »Häusel«. Da aber waren die wenigen Zeitungsbilder zu kleinen Zettelchen zerschnitten. Auf einer dicken Schnur an einen Nagel gehängt, dienten sie anderen Zwecken als der Information. Außerdem fehlten meist die wichtigsten Teile des Heimatblattes. Irgend jemand nahm immer die zerschnittenen Fragmente des Fortsetzungsromans mit. Meist den spannendsten Teil der Geschichte, wie die geschwätzige Tante bei ihren langen Sitzungen immer wieder bemängelte. Sie wollte diesen Teil doch noch vor der anderweitigen Verwendung lesen. Uns Kindern waren solch ausgiebige Aufenthalte in diesem einzigen Kabinett des Hauses selten erlaubt.

»Dass Kinder auf dem Scheißhaus immer so lange herumtrödeln müssen, wos mir so pressiert.« Oma Meisinger, eine der vielen Evakuierten, die bei uns nach dem Angriff auf München untergekommen waren, drängte regelmäßig zur Eile. Schade, denn wer drinnen saß, konnte die Wartenden belauschen. Vieles wurde geredet, was für Kinderohren nicht geeignet war. Dabei hörte der Feind doch immer mit, wie es täglich überall hieß!

Dann waren sie da, die fremden Kinder aus der Stadt, und wussten vom Leben auf dem Land gar nichts. Jeder versuchte, sie ein wenig zu verwöhnen. Man hatte sie mit großer Abordnung am Bahnhof empfangen. Blass und müde, mit einem Rucksäcklein bepackt, waren sie aus dem Sonderzug gestolpert. Blumen und Hakenkreuzfähnchen-geschmückte Leiterwagen standen bereit, um sie zu ihren Gastfamilien zu bringen. Der Kurti und ich waren nicht dabei, denn in Bayern hatten die Ferien noch nicht angefangen.

Die Kinder waren genau so, wie der Kurti und ich es uns vorgestellt hatten. Sie waren dumme »Stoderer«, wie wir die Stadtbewohner nannten. Sie konnten trotz längerer Erklärung kaum den Stier von den Kühen unterscheiden, geschweige denn im Garten das Unkraut vom Gemüse. Vor den Gänsen rannten sie schreiend davon, worauf die Hühner gackernd in alle Richtungen flatterten. Dem Gockel schwoll daraufhin der Kamm, er fing hektisch an zu krähen, was wiederum der Hund als Aufforderung deutete, dazwischen zu jagen.

Es war schon ein Kreuz mit diesen Kindern. Holten wir gelbe Rüben aus dem Garten, dann waren das für sie Karotten, und vom Karfiol hatten sie noch nie etwas gehört. Wir aber staunten, dass der

Blumenkohl hieß und man nicht »der« sondern »die« Butter sagte. Was uns gut schmeckte, war für sie Pampe. Betty, die Köchin, meinte dazu: »Was der Bauer ned kennt, des frisst er ned! Morgen gibt's an Apfelschmarrn, den mög'ns alle.«

Allmählich wurden diese Fremden bei uns heimisch. Sie spielten mit meiner Puppe, die zahlende Tante las Märchen vor und sie durften unser Pferd auf dem Feld kutschieren. Sie schmeichelten sich bei Betty in der Küche ein. Schwanzwedelnd ging der Hund mit ihnen Gassi. Er ließ sich sogar von den Mädchen in meinen Puppenwagen legen und spazierenfahren! Nur den Ziegenbock im Stall ließen sie in Ruhe. Es blieb dem Kurti, bei dem es zuhause ebenso zuging, nichts anderes übrig, als mit mir auszurücken. Wir streunten durch den Wald und beschlossen, uns ein Haus zu bauen. Dort wollten wir wohnen, bis im Herbst alle wieder weg und wir wieder unsere »königlich bayrische Ruah« hatten, wie ich es den Erwachsenen nachplapperte.

Dass man Kinder von so weit her ohne ihre Mütter auf weite Reisen schickte, konnten wir nicht verstehen. Das war sicher eine Idee von unserem Führer! Einige auf dem Hof nannten ihn vertraulich den Adolf, so als würden sie ihn persönlich kennen! Der Adolf hatte in allem Recht! Besonders bei der zahlenden Tante, die nur eine Nenntante war. »Er wird es schon richten«, sagte sie gläubig. »Der Führer zeigt es noch allen mit seiner Wunderwaffe, das wird man sehen!«

Unter den Gastkindern befanden sich zwei kichernde Gänse aus Köln, die Eva und die Gudrun, sowie zwei Mädel aus Hamburg, die so blass und schüchtern waren, dass wir sie zuerst fast nicht bemerkten. Aus Berlin stammte der Friedrich Alexander! Der mit der großen Klappe! Diesen Spitznamen hatte er gleich weg, denn er war weder blass noch schüchtern und ein Jahr älter als der Kurti und ich, was in unserem Alter viel bedeutete.

Friedrich Alexander klärte uns sofort auf, was in Berlin alles besser, größer und schöner sei, als bei den doofen Bayern. Er sagte auch, was man den blöden Seppeln und Deppen hier noch alles so beibringen müsse, damit sie Kultur bekämen.

Diese Sprüche von dem Kerl mit dem flotten Mundwerk gingen uns schon beim ersten gemeinsamen Spiel auf die Nerven. Der redete so schnell, dass der Kurti und ich mit dem Zuhören kaum nachkamen. Während wir noch mühsam über Antworten nachdachten, war der Berliner Sprüchereisser schon beim nächsten Thema, ehe wir das erste recht verdaut hatten!

Deshalb also wollten wir allein im Wald wohnen. Wie man im Wald lebt, hatten wir aus dem Buch »Die Höhlenkinder« gelernt. Wir suchten uns einen geschützten Platz unter hohen Fichten, bauten Mauern aus Stöcken und Moos, legten Fichtenzweige und große Blätter zum Schutz darüber, füllten auch dort noch mit großen Moosplatten die lichten Stellen des Daches. Zuletzt setzten wir uns in die »gute Stube« und waren stolz auf unser Werk. Dann aber meinte der Kurti: »I bau no an Stoi, ohne Viecha is des koa Leb'n! Du schaugst, dass mir wos zum Ess'n hab'n und Vorhäng brauchan mir a no!« Ich lief nach Hause, stibitzte einiges aus der Speisekammer und kramte aus dem

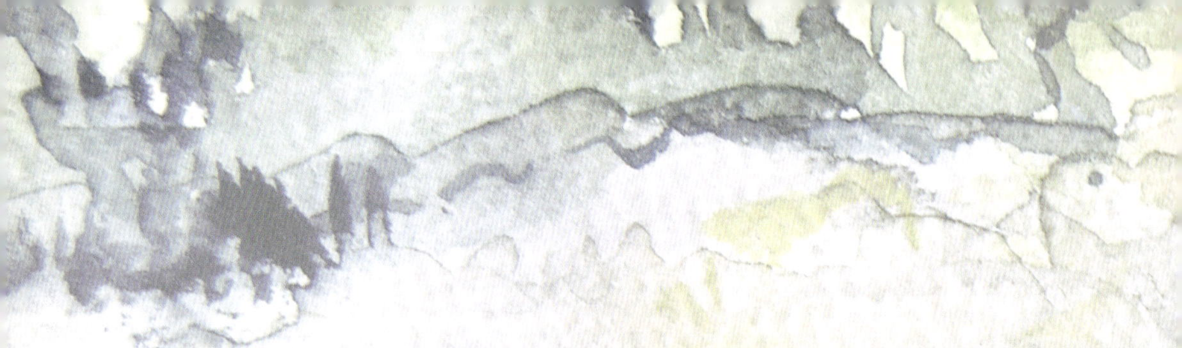

Flickenkorb eine zerschlissene weiße Spitzengardine. Der Kurti war immer noch nicht zufrieden als ich zurückkam! »Wos soi i mit am Stoi, wenn koa Viech drin steht?«, jammerte er und fügte hinzu: »Und nacha heirat i di! Schaug her, i hob scho a Kranzerl für di bund'n.« Er zeigte mir ein krummes Gebilde aus Margeriten und Gras. »Taubern (= Blaubeeren) und Himbeern hob i fürs Hochzeitsmahl a scho brockt. Du werst a scheene Braut!«.

Der Kurti legte mir die Gardine über den Kopf und knüpfte die Enden zusammen. Jetzt wollte ich auch etwas beitragen zu unserem Hausstand. Der Kurti sollte von mir sein Vieh bekommen. Aber woher nehmen? Vielleicht gelang es mir, zuhause ein Biberl (= Küken) zu fangen. »Wart no a bisserl auf mi«, zögerte ich die Heirat hinaus, »I geh no amoi hoam«. Zuhause angekommen stand ich ratlos auf dem Hof! Was tun? Die Hühner scharrten mit ihren Küken auf dem Misthaufen, dort hinauf konnte ich nicht, ohne zu versinken. Im Stall meckerte der Ziegenbock! Ich suchte einen Strick und nahm ihn mit! Jetzt bekam der Kurti sein Vieh und würde sicher endlich zufrieden sein! Wir konnten Hochzeit spielen.

Der Ziegenbock lief brav neben mir her, nur manchmal boxte er mich mit seinen Hörnern oder warf mich übermütig um. Die Kühe grasten auf der Wiese, über die ich zu unserem Haus am Waldrand gelangte. »I hob den Goaßbock mitbrocht!«, strahlte ich meinen Bräutigam an und glaubte, er sei nun endlich zufrieden. In diesem Augenblick aber tauchten laut kreischend Gudrun und Eva hinter uns auf. Sie hatten sich heimlich angeschlichen. Gudruns Zöpfe waren mit rosa Bändern geschmückt und auch Eva wirkte herausgeputzt. Der Kurti schaute mich an, zog die Nase kraus, verzog sein Gesicht als würde ihm grausen und drehte sich von mir weg der Gudrun zu. Dann plärrte er lauthals und herzlos: »Du stinkst ja wia da Goaßbock. Na di mog i nimma. Da heirat i liaba die Gudrun und mit der geh i jetzt hoam!«

Ich landete heulend bei unserer Betty in der Küche und erzählte ihr von meinem Elend, denn meine Mutter war an diesem Tag nach München gefahren. Ich wollte in den Arm genommen und getröstet werden! Aber die Betty lachte mich aus. Sie lachte, dass ihr die Tränen über die Backen liefen und ihr dicker Busen wippte. Kaum brachte sie heraus, was sie mir sagen wollte: »Mei Dirndl, merk dir oans, wennst' a jung's Mannsbuid heirat'n mechst, nacha derfst di zuvor ned mit an oid'n Bock eilassn. Hoffentlich bist ned a no in Kuahmist eini g'foin!«

»Doch«, schluchzte ich und zeigte ihr die grünen Flecken auf meinem Rock, von denen ich gehofft hatte, der Kurti würde wenigstens diese nicht sehen. Betty schmierte mir ein Butterbrot, schürte das Feuer, setzte Töpfe mit Wasser auf den Herd und holte eine Zinkwanne in die Küche. »Du bodst jetzt und i wasch dir d'Haar, sei dankbar, dass 'd wenigstens koane Leis host, wia anderne Kinder! Wennst' bod hast und wieda sauber bist, schaugt d'Welt a wieda anders aus und deina Mama sog'n mir gar nix. De regt si bloß auf.« Während Betty den Leinsamen-Trank für ein krankes Kalb anrührte, fühlte ich mich krank, wenn ich an den Kurti dachte. Ich wollte doch nur, dass er zufrieden war, deshalb hatte ich den Ziegenbock mitgenommen. Jetzt war alles zu Ende. Er liebte die Gudrun! Dabei war es so viel, was wir gemeinsam erlebt hatten. Ich erinnerte mich an unsere letzte Sitzung in der Gsottkammer. Kleine klebrige Luftballons lagen herum, die wir aufbliesen und das furchtbar lustig fanden. Wir wurden von einer der Evakuiertenfrauen und ihrem Mann, der auf Urlaub da war, entdeckt. Jemand schrie: »Lasst sofort die Pariser los und schaut, dass ihr hier wegkommt, ihr Fratzen!«

»Du Betty, wos sand'n Pariser?« Im warmen Wasser in der kleinen Zinkwanne sitzend nützte ich die Intimität, die jetzt zwischen uns war. Sie seifte meinen Rücken ab und ich beichtete, was wir in der Gsottkammer alles angestellt hatten. »Pariser?« fragte sie und irgendwie klang ihre Stimme ein wenig sehnsüchtig, »Mei, Kind! Wia sog i dir des, des erfahrst no friah g'nua und nacha bist koa Kind mehr, nacha bist erwachs'n.«

Tage später trommelte meine Großmutter alle Kinder zusammen. »Und du bringt den Kurti mit«, befahl sie mir. Dann hockten wir im Garten und starrten auf den Kuchen, den sie für uns gebacken hatte und auf die bunten Bälle, die sie ebenfalls mitgebracht hatte. »Ihr wisst gar nicht, wie gut es euch im Moment geht«, begann ihre kleine Ansprache, »Wir haben genug Krieg um uns herum, da müsst ihr euch nicht auch noch streiten. Ihr Kinder solltet klüger sein als die Erwachsenen. Außerdem ...«, Großmutter richtete sich an die

Ferienkinder, warf aber auch einen Blick auf mich und den Kurti, »Ihr habt weiß Gott schon genügend mitgemacht. Genießt eure Ferien, man weiß nicht, was noch kommt.«

»Wieso mitg'macht«, überlegte später der Kurti gehässig, wo doch in Berlin alles besser schöner und größer war, als hier bei uns? Denn unsere kleinen Kinderfeindschaften gingen versteckt weiter, trotz der wohlgemeinten Ansprache meiner Großmutter.

Was ließ sich unternehmen, um sich gegen den Friedrich Alexander durchzusetzen? Den Kurti und mich verband wieder unsere dicke Freundschaft und die Gudrun schien er vergessen zu haben.

Die kichernden Gänse aus Hamburg stellten sich als jammernde Petzen heraus, sie schmeichelten sich immer mehr bei allen ein und deckten lauthals Kurtis und meine kleinen Bosheiten auf, die wir natürlich als Hirngespinste der Gänse abstritten. Denn nichts, was wir ausheckten, um den Friedrich Alexander und die anderen zu ärgern, ließ sich in die Tat umsetzen. Den Mist unter der Radlenkstange, die Spinnen im Bett, die zu Schokoladen-Bonbons verpackten Rehböllerl, die wir anbieten wollten: es blieb bei den Plänen. Nichtsdestotrotz tobten wir mit den anderen über den Hof und spielten Ball oder Verstecken.

Dann fanden wir im Holzschupfen eine leere Haferflockenschachtel. Mühsam entzifferte ich die Aufschrift: »Zur Babynahrung geeignet. Ab dem vierten Monat Zugabe von Haferbrei bei Muttermilch-Ernährung empfohlen.«

Wir schauten uns fragend an. Die beiden Gänse aus Hamburg schnatterten noch blöder als gewöhnlich, die anderen kicherten. Der Kurti und ich dachten nach.

Muttermilch, davon hatten wir noch nie etwas gehört. Dabei waren wir doch hier die Experten in Sachen Landwirtschaft.

Friedrich Alexander aber öffnete seine stets offene Klappe noch weiter und trompetete mit der arroganten Überlegenheit des um ein Jahr Älteren: »Det kann ik euch sajen, det is de Milch von eure Mütter. Seid ihr blöd, wenn ihr dat nich wisst!«

Dem Kurti stieg die Zornesröte ins Gesicht. Er gluckerte wie unser Puter, wenn man ihn reizte. Ich sah es ihm an, wie er krampfhaft überlegte, was er erwidern sollte, um die Ehre unserer Mütter zu retten. Dann spielte er seine Trumpfkarte aus: »Konn scho sei, dass in Berlin drob'n de Weiber Milli geb'n«, sagte er verächtlich und spuckte auf den Boden! Er ließ sich Zeit, seinen Satz zu beenden: »Aber wennst' mir ned sog'n konnst, wias g'molcha werd'n, nacha bist du da gräßer Depp von uns!«

Friedrich Alexander starrte den Kurti an. Dann klappte er sein Mundwerk wortlos zu. Die Gänsemädel hörten auf zu kichern, alle schwiegen. In die Stille hinein fing der Friedrich Alexander plötzlich laut zu heulen an. »Ich will heim zu meiner Mutti«, quoll es verzweifelt aus ihm heraus.

»Gell, du host Hoamweh«, sagte der Kurti unvermittelt, ging auf ihn zu und legte freundschaftlich seine Hand auf seine Schulter. »I hätt' des a, wenns' mi soweit furt schicka dat'n.« Wir Mädchen kamen uns irgendwie überflüssig vor und jede von uns stapfte in eine andere Richtung davon.

Von da ab waren der Friedrich Alexander und der Kurti dicke Freunde. Der Friedrich Alexander machte seine große Klappe öfter zu und der Kurti redete mehr als sonst.

Und dann entdeckten wir, dass wir uns doch alle recht gut verstanden. Wir lernten viel Lustiges von den Stadtkindern, und sie sahen uns nicht mehr als die Landblöden an. Wir erfuhren, dass Semmeln auch Schrippen und Brötchen hießen und sie lernten, wozu man den »Loabidoag« braucht. Und am Ende des Sommers fiel es uns schwer, uns von unseren neuen Freunden, den Kinderlandverschickten, zu trennen. Besonders der Friedrich Alexander hat uns lange gefehlt, denn: »Nichts brennt so heiß wie die Liebe zwischen Bayer und Preiß«.

Großmutter schrieb diese Rezepte mit der Bezeichnung »Kriegs- oder Friedensrezept in ein kleines Buch! Je nachdem variierte sie die Zutaten.

Apfelschmarrn

Rezept für 4 - 6 Personen

4 - 6 feste süße Äpfel, 2 EL Puderzucker, 2 El Honig,
2 EL Butter oder Sonnenblumenöl, ca. 350 - 550 g Mehl, 2 - 4 Eier,
500 - 750 ml Liter Milch, ein kleines Glas Wasser, falls der Teig zu dick ist, eine Prise Salz,
Fett zum Ausbacken und zusätzlich ein Löffel Butter,
Puderzucker evtl. Zimt zum Bestreuen

Äpfel schälen, in Spalten schneiden, zudecken, damit sie nicht braun werden, oder leicht mit Zitronensaft beträufeln.
Fett in einer Pfanne heiß werden lassen, Puderzucker darin leicht karamelisieren, Apfelspalten dazu geben und anschmoren.
Vorsicht: brennt leicht an!
Zuletzt den Honig darüber ziehen. Warm stellen.
Mehl in eine Schüssel sieben, mit Eigelb und der halben Flüssigkeit verrühren. Nach und nach weitere Flüssigkeit dazu rühren, bis der Teig dickflüssig ist. Salz nicht vergessen! Eischnee schlagen, darunter heben. Pfanne heiß werden lassen, dann erst das Fett zum Ausbraten hineingeben. Teig in ca. 1 cm Höhe hineinlaufen zu lassen. Anbacken. Den Teig wenden und in Stücke zerkleinern, dann weiter backen, bis alles gut durchgebraten ist. Evtl. noch etwas Fett dazugeben. Gut schmeckt es auch, wenn man zuletzt noch etwas Butter dazu gibt. Vor dem Servieren die Apfelspalten untermischen und alles mit Puderzucker überstäuben.

Luft sammeln

Wir Kinder haben gemeint, wir könnten in einer leeren Stranitzen – was man heute Papiertüte nennt – die Sommerluft einfangen.

Ich hab zum Kurti gesagt: »Du, des dean mir, dann riachan mir im Winter den Sommer.« Die verführerischen Düfte der Frühäpfel, das Parfüm der Rosen, des Flieders und Jasmin, den Geruch der blühenden Wiesen und der würzigen Kräuter in einer Papiertüte für den Winter zu bewahren, das war sicher eine grandiose Idee! Wenn die Stürme den Regen ums Haus jagten, dunkle Tage die Seele schwärzten, sich der Schnee auftürmte und ich am Ofen hocken und warten musste, bis meine Stiefel trockneten, dann wollten wir unsere Sommerdüfte zurück in die Stube holen und genießen.

Hortete meine Mutter nicht auch, Eichkätzchen gleich, ihre Vorräte? Auf dem Herd trockneten die Hutzeln, wie man früher zu getrockneten Birnen sagte. Und darüber ringelten sich an den Ofenstangen neben den nassen Socken die Apfelscheiben. Auf Schnüren zu Ketten gefädelt, verlor sich ihre Frische in gummiartige Stücke.

In Weckgläser eingekochtes Obst und von uns mühsam gesammelte Waldbeeren stapelten sich zum sorgsam gehüteten Vermögen in der Speisekammer. Uns Kindern lief schon beim Anblick der mit säuberlich beschrifteten Etiketten beklebten Gläser das Wasser im Mund zusammen. Wenn Erdbeeren, Kirschen, Rhabarber und andere

Köstlichkeiten im Winter zu Pfannkuchen oder anderem serviert wurden, dann schleckten wir! Diese säuerlichen Fruchtbeilagen – denn Zucker war im Krieg eine Rarität – die meine Eltern Kompott nannten, galten für mich als die Luxusbeilage jeder Mehlspeise, die mangels Fett und Rahm im Mund zerbröselte. Und was am schönsten war: für eine besonders gute Tat wurde ich mit einem Glas Apfelmus, das ich alleine auslöffeln durfte, von meiner Mutter beschenkt.

Das eingeweckte Obst war in einer Zeit, in der man mit Naturalien mehr handelte als mit Geld, sehr begehrt. Bis sich dann nach der Währungsreform diese Art der Geschäfte in nichts auflöste. Vorher aber tauschte meine Mutter manchmal gegen ein Glas eingeweckte Kirschen mehr Hundefutter, als unser Dackel fressen konnte und manchmal auch eine Wurst für die Familie.

Doch zurück zu den Vorräten, die der Kurti und ich so emsig sammelten und in unseren Stranitzen einfingen. Fest zugebunden und mit Zaubernamen, wie »Elfenwind« oder »Moosgedicht«, beschriftet, lagerten wir sie nahe den Dachsparren auf dem Speicher.

In der Zeit, da sich die herben Gerüche aus dem Pferdestall mit dem Aroma junger Fichtentriebe vermischten, der Holler zu blühen begann, hatte ich bereits meine ersten Tüten mit Luft gefüllt und abgestellt. Besonders nach kurzen Regentagen, musste ich mich beeilen und auch den leichten Sommerwind benützen, um die feinen Düfte von Maiglöckchen, Waldmeister und anderen Blüten einzufangen.

Und erst das frisch gemähte Gras! Es roch so gut, dass ich mich hätte hineinfallen lassen können, ebenso wie meine Nase in den Wiesenblumen hing und sich in den dicken Pfingstrosen versteckte.

Und in der Küche gab es Erdbeermarmelade! Sie kochte und blubberte im großen Topf auf dem Herd, roch süßlich fruchtig und verführerisch.

Der Herbst verwöhnte uns noch einmal mit goldenem Licht, dann kündigten sich die tristen dunklen Novembertage an. Das Kartoffelkraut auf dem Acker war längst verbrannt, die beißende Luft, erfüllt von Rauch und Asche, verweht. Jetzt schien es mir an der Zeit, die gefüllten Tüten mit der Sommerluft vom Speicher zu holen. Jetzt, bevor es im Haus nach Äpfeln, eingelagerten Kartoffeln, und hin und wieder auch schon nach Weihnachtsplätzchen roch.

Nachmittags, nach der Schule, polterten der Kurti und ich hinauf zum Speicher. Und ich freute mich, dass mir mein aufbewahrter Juliduft den Staubgeruch, der mich in der Nase kitzelte, vertrieb und auch den Spinnwebenhauch, vor dem mir grauste. Aber keine der von uns so sorgsam gefüllten Tüten hatte die Sommerluft bewahrt! Wo war sie hingekommen? Wieso hatte sie sich in nichts aufgelöst? Zugebunden, aufgebläht und trotzdem leer standen unsere Vorräte da. Nicht mal eine Maus hatte an den Papiertüten geknabbert!

Später bin ich dann von meiner Mutter mit einem Schüsselchen eingeweckter Kirschen getröstet worden. Und abends an meinem Bett hat sie gesagt: »Nichts, mein Kind, ist im Leben beständig! Sommerduft und Glück! Du solltest den Moment genießen und die Erinnerung daran bewahren, dann hast du viele Vorräte für dunkle Lebenstage.«

Das verschwundene Ferkel

Unser Hund starb an Alterschwäche, wir haben ihn im Garten neben dem Birnbaum begraben. Viele auf unserem Hof waren darüber gar nicht so unglücklich. Seit einigen Jahren waren Evakuierte und Ausgebombte bei uns einquartiert worden. Manchmal glaubte ich, die halbe Bevölkerung sei in unser altes Bauernhaus gezogen. Zuletzt kam auch noch meine Großmutter, die in München ausgebombt worden war, zu uns. Dennoch beschlossen meine Eltern, einen neuen Hund zu kaufen. Er sollte reinrassig sein und meine Mutter wollte unbedingt einen Dackel.

Einmal in der Woche fuhren wir mit dem Pferdegespann in die Kreisstadt. Wir stellten beim Wendelstein-Wirt in einem offenen Stall ein. Das Pferd wurde an einen eisernen Ring angebunden und bekam den Futtersack umgehängt. Der Milchwagen, im Winter auch der kleine Schlitten, stand abseits und eine schwere Decke lag über unseren Einkäufen. Zu Beginn des Krieges kutschierte mein Vater noch zweispännig und ich war mächtig stolz, wenn ich oben bei ihm auf dem Kutschbock sitzen, die Zügel halten und »wüst« oder »hot« schreien durfte. Später wurden unsere Pferde für den Kriegsdienst eingezogen und nur der Bräundl blieb da, ein Kaltblüter, der alt war und, wie der Nachbar sagte, »den Dampf« hatte.

»Jetzt gehen wir noch auf den Markt«, entschied meine Mutter. Sie nahm mich bei der Hand und wir schlenderten am Geschäft des

Wachsziehers und am Korbladen vorbei. Im Fischladen waren wir vorhin schon gewesen. Auch Nähfaden und -nadeln hatten wir bereits gekauft. »Alles wird so knapp, nehmen sie lieber zwei Rollen Garn mit«, flüsterte die Verkäuferin.

»Wenn wir alles besorgt haben, essen wir noch eine Suppe beim Wirt, mehr werden wir auf unsere Marken sowieso nicht bekommen. Auf dem Heimweg fahren wir noch zu einem Hundezüchter. Dieses Mal finden wir sicher den richtigen Hund. Du freust dich doch darüber sicher ebenso wie ich, meine Kleine«, plauderte meine Mutter. Wir redeten über den neuen Hund und auch darüber, wie viele Würfe sich meine Eltern bereits angesehen hatten.

Kurze Zeit später drängten wir uns durch die wenigen Marktstände. Immer wieder blieb meine Mutter stehen. Dabei versuchte ich von Anfang an, sie zu der dicken Frau zu zerren, die meine Neugierde, seit wir hier auf diesem Platz waren, geweckt hatte. Ich beobachtete fasziniert, wie sich zwischen ihren dicken Brüsten ein schwarzes Ding bewegte. Ein Ball? Aber dieses Knäuel schien Beine zu haben und dunkle Knopfaugen. Ein neues Spielzeug! Aber was konnte man damit anfangen, ohne dass man es an sich drückte? Und jetzt verschwand dieses Etwas wieder tief in die Busenschlucht der Frau, die energisch versuchte es wieder zurück nach oben zu befördern. »Was ist denn das?«, fragte meine Mutter. Ihre Stimme klang neugierig, wie an Weihnachten, wenn sie freudig ein Päckchen öffnete, obwohl sie längst wusste was darin war. Die Frau griff erneut zwischen ihre gewaltigen Busenberge in die Tiefe. Dabei verschwand ihr Arm in seiner gesamten Länge unter ihrer Bluse und Kittelschürze. Anscheinend war ihr das Ding, von dem ich immer noch vermutete, es sei ein bewegliches Spielzeug, bis auf ihren Bauch gerutscht. Endlich kam ein jaulendes Nichts zum Vorschein! »Ein Hund!«, rief meine Mutter entzückt. »Wie alt ist er denn, ist er schon entwurmt?« »I ziag den Kloan mit da Milliflasch'n groß, d'Hündin is varreckt«, erklärte die Frau.

Das winzige Tier, das ein Hund sein sollte, strampelte und quiekte, bis die Frau es meiner Mutter in den Arm drückte. Das schwarze Haarknäuel mit den Schlappohren leckte mit kleiner rosa Zunge meiner Mutter übers Gesicht, rollte sich in der Armbeuge zusammen und schloss zufrieden die Augen.

Damit war die Liebe zwischen den Beiden besiegelt und die Fahrt zum Züchter hatte sich erledigt. »Er ist zwar nur ein halber Dackel, ansonsten eine undefinierbare Straßenmischung und auch nicht der Hund, den wir wollten, so eine Mischkulanz: schwarzes raues Fell und braune Pfoten!«, stellte mein Vater, der auf der Suche nach uns war, sachlich fest. Er drehte das Vieh auf den Rücken, um sein Geschlecht festzustellen, wobei der kleine Welpe leicht zu knurren anfing und seine winzigen Zähne fletschte.

Wir nannten ihn Raudi und er gehörte meiner Mutter, besser gesagt: sie gehörte ihm. Denn er ließ von Anfang an keinen Zweifel aufkommen, wer wem zu folgen hatte, wer der eigentliche Herr im Haus war. Er machte, was er wollte, und alle strengen Erziehungsversuche seitens meines Vaters oder unserer Köchin Betty, die Raudi nicht mochte, was auf Gegenseitigkeit beruhte, waren vergebens.

Außer feinen Kalbsknochen, die es selten gab, im Bett schlafen, was er immer durfte, den Postboten zwicken, weshalb er geschimpft wurde oder im Garten Mäuse ausgraben, weshalb er gelobt wurde, liebte er Gassi gehen.

Manchmal ging meine Mutter ins Dorf und bemühte sich beim Wirt, der gleichzeitig eine Metzgerei hatte, Kirschkompott gegen Fleischabfälle für den Hund einzutauschen. Da man eigentlich alles nur auf Marken bekam, musste dies im Geheimen geschehen und der Handel war nur möglich, weil der Metzger meine Mutter verehrte.

Oft wartete sie danach vor dem Schulhaus auf mich. Gemeinsam den weiten Weg nach Hause zu gehen, war schön. Niemand störte uns, diese Zeit gehörte mir allein! Auf der Chaussee, wie meine Großmutter die Schotterstraße nannte, musste Raudi an der Leine laufen. Manchmal hatte er dazu keine Lust. Er ließ sich auf die Seite fallen, streckte die Pfoten weit von sich und stellte sich tot. Was blieb uns anderes übrig als den schweren Hund zu tragen? Inzwischen war er älter und größer geworden und wir befürchteten, ein Fuhrwerk würde den Hund überfahren. Erschöpft von der schweren Last setzten wir uns unterwegs an den Straßenrand. Raudi blinzelte uns bei solchen Pausen aus seinen schwarzen Knopfaugen an, als wolle er sagen »Da seid ihr mal wieder auf mich herein gefallen. Ich bin doch der größte Hunde-Schauspieler aller Zeiten!« Eben noch tot, befreite er sich ruckartig aus dem Halsband und jagte Richtung Wald davon. Er war weg, reagierte weder auf Pfiffe noch Rufe! Raudi wilderte wie so oft durch die Gegend. Keine Hasenfährte ließ er aus, manchmal verschwand er in einem Fuchsbau, auch war kein Hühnerstall der umliegenden

Bauernhöfe vor ihm sicher. Meist kehrte er nach solchen Abenteuern abgekämpft und erschöpft erst Stunden später oder tief in der Nacht zurück. Einige Blessuren und restliche Federn zeugten von Kämpfen und mein Vater bezahlte hin und wieder ein Huhn. Oder er schenkte zur Versöhnung einem wütenden Bauern eine Flasche Schnaps, die er irgendwo gegen irgend etwas eingetauscht hatte.

Überall wo auf dem Hof etwas los war, musste Raudi dabei sein. Bellend verteidigte er sein Revier und meinte, für Ordnung sorgen zu müssen. Auch als wir die Kühe zum ersten Mal nach dem langen Winter auf die Weide trieben, war er dabei. Einmal hätte ihn das fast das Leben gekostet. Die Rindviecher hatten übermütig Bocksprünge vollführt und jagten mit gesenkten Hörnern hinter unserem Hund her. Raudi konnte gerade noch rechtzeitig unter dem mühsam mit verrosteten Stacheldraht geflickten Zaun hindurchschlüpfen.

Noch am selben Tag ereignete sich etwas, das Raudis Leben auf seltsame Weise mit einem kleinen Schweinchen verbinden sollte. Rosa, unsere Schwäbisch-Haller-Sau, ferkelte. »Es ist schwül! Immer an Christi Himmelfahrt ist es so schwül!«, klagten die Erwachsenen. Sie wischten sich den Schweiß von der Stirn und blickten sorgenvoll zum Horizont nach Westen. »As Weda schlogt um, i gspür's an meine Frostbeul'n!« jammerte die Betty. Sie hatte die Küchenschürze mit der Stallschürze vertauscht und hockte auf einem winzigen Schemel, der für ihr breites Hinterteil zu wenig Platz bot. Auf dem wackligen Möbel wie eine Zirkuskünstlerin balancierend, rutschte sie in alle Ecken des Schweinekoben. Manchmal kippte sie mit dem Hockerchen um und fiel in Schweinemist und Stroh. Dann ließ sie einen kräftigen Fluch los, dem sie die Bitte »Gottesmutter verzeih« nachschickte. Das alles nur, um achtzehn Ferkelchen zu kontrollieren. Wieder und wieder versuchte Betty, die kleinen rosa Glücksbringer zu zählen, die mehr nach Marzipan aussahen, als dass man an spätere Schweine dachte. Orientierungslos wuselte die Kinderschar leise quiekend um die Muttersau herum, trappelte durchs Stroh, fiel in den Trog, kraxelte über den massigen Körper der Mutter und kullerte von deren Kopf. Die sonst so geduldige Rosa, immer noch von Nachwehen geplagt, war unruhig, was wiederum Bettys Nerven strapazierte. »I woaß a ned, warum die Sau heit so unruhig is!« Unsere Betty faltete ihre Hände, richtete den Blick nach oben zur Stalldecke, als schwebte einer der vierzehn Nothelfer persönlich über ihr, und teilte sich dort den Platz mit einem Fliegenschwarm. »Kruzitürk'n, liaba Gott, lass ned a no hageln, nacha san d'Geranien hie und i hobs' umasunst übern Winta goss'n. Herschaftszeiten, is des heit a Hitz und a Kreuz mit dene Fakerl!« Erneut begann die Betty zu zählen. Jetzt schoss der Sau endlich die Milch ein. Die Rosa begann gleichmäßig und kehlig zu grunzen, lockte weich und liebevoll in der Sprache der Mütter und wurde endgültig ruhig, als es leise zu schmatzen und zu quieken begann.

Da die Natur es so eingerichtet hat – wie mir Betty erklärte – dass jedes Ferkelchen in der Reihenfolge, wie es im Bauch der Mutter an der Nabelschnur hängt, die eigene Zitze zum Trinken finden muss, gab es immer wieder Unruhe, denn wer hatte Ferkeln das Zählen beigebracht und erklärt, wo die Plätze 1 - 18 liegen? Diese Kontrolle übernahm Ersatzmutter Betty. Sie verteilte und änderte Gottes Milchplan. Die kleinen Mickerchen drückte sie in die Mitte an die besten Milchzitzen, die kräftigeren kleinen Eber – in der Rangordnung vorne dran – verfrachtete sie ans Ende von Rosas dickem Euter, wobei sie abfällig murmelte: »Mannsbilder de miass'n oiwei vorn dro sei!«

Dann kam nachts ein Gewitter. Die Luft kühlte sich ab und schwerer Regen klatschte ans Fenster.

Ich kuschelte mich in meinem Bett zusammen. Nicht der Donner, sondern grün-lila Blitze, die über den Himmel zuckten und kurz mit Höllenfarben alles beleuchteten, waren mir unheimlich. Ich fühlte mich schutzlos, so schutzlos wie unsere Betty. Sie schlief, das heißt sie wachte, wie auch in den kommenden Nächten, im Stall. Betty, die Herrscherin über Küche, Kochtöpfe, Vorratskammer und Kartoffelkeller, die Silberbesteck und alles andere, was zum Haushalt gehörte, eisern verwaltete, fühlte sich in diesen Tagen berufen, ausschließlich im Stall zu wachen. Sie musste die kleinen Glücksbringer betreuen. Was meine Mutter in dieser kurzen Zeit sichtlich genoss. Jetzt durfte sie ungestört in ihrer eigenen Küche wirtschaften, konnte werkeln und kochen, wie sie wollte, auch aufräumen! Der Küchenkram aller Schubladen wurde umsortiert. Was Betty nach Beendigung der Wochenbettpflege mit gemurmelten Wutausbrüchen schnellstens in die gewohnte Unordnung zurücksortierte. Die Küche war ihr Reich und mit diesem kurzen Schubladenkampf eroberte sie sich symbolisch die Herrschaftsgewalt zurück.

Bettys Schweineidylle durfte nicht gestört werden! Dackel Raudi jedoch war, wie so oft, anderer Meinung. Er, von Betty als »das

Mistvieh« bezeichnet, nützte jede Gelegenheit, um in den Schweinestall zu gelangen. »Du stinkender Köter«, beschimpfte ihn dann auch meine Mutter und steckte ihn in eine Waschwanne. Zu seinem Hundeentsetzen seifte sie ihn mit Ersatz-Shampoo oder einem Rest Vorkriegs-Kernseife ab. Worauf der Hund sich schüttelte, alles um sich herum nass spritzte und jaulend Richtung Bett sprich Schlafzimmer meiner Eltern entwischte oder zurück in den Schweinestall verschwand.

Die offene Feindschaft zwischen Betty und dem Hund nahm groteske Formen an. »Jetzt sind alle beide hysterisch geworden«, flüsterte mein Vater. Denn Raudi war anscheinend der Meinung, dass es sich um seine Kinder handelte, die im Stall um die Sau herum quiekten.

Es nützte nichts, dass Betty ihm einem Kübel kalten Wassers hinterherschüttete oder mit einem Stecken drohte. Raudi überwand alle Barrieren. Mit tausend kleinen Dackeltricks versuchte er, in den Stall zu gelangen. Knurrend und zähnefletschend verteidigte er seine Kinder gegen jeden Feind, den er besonders in Betty erkannte.

Raudi, der gute Vater! Wie die Sau legte er sich seitlich ins Stroh, erlaubte, dass die Schweinchen an seinem Bauch zupften und zwickten und verdrehte glücklich die Augen, wenn die Kinderchen dicht an sein Fell gedrückt einschliefen. »Entweder des Mistviech oder i!«, heulte Betty und verdächtigte später den Hund, er habe eines der Ferkelchen auf dem Gewissen. »I soit mi Sünd'n fürcht'n, aber es sand bloß no 17 Fakerl, der Hund hot oans g'fressen!« »Na es sand no achtzehne!«, redete ich dagegen! »Wenn i sog, es sand 17, nacha sand's 17! Lern erst amoi lesen, wennst' scho net bis 10 rechnen kost!«

Bettys Worte trafen mich tief. Weder lesen noch rechnen gehörten zu meiner Stärke. Es sind aber doch achtzehn! Beharrte ich hartnäckig. »Jetzt halt mal deine Klappe, es sind siebzehn und damit basta«, erklärte meine Mutter, nachdem sie mit Betty ein langes Gespräch geführt hatte, das ausnahmsweise von niemandem belauscht wurde. Immerhin ging es um eine ernste Sache. Vom Reichsnährstandsamt wurde alles kontrolliert und bestimmt, was und wieviel die Landwirte zur Versorgung der Bevölkerung abzuliefern hatten. Und es wurde streng bestraft, wenn jemand unerlaubt etwas für den Eigenbedarf abzweigte. Wenn nun ein Ferkel fehlte, konnte das böse Folgen haben. Da war es besser, wenn man gleich eine gute Erklärung parat hatte: Alle erfuhren von Raudis Tat! Und der Papa von meinem Freund Kurti meinte: »Des Hundsviech muaß daschlog'n werd'n«! Betty verschloss die Stalltüre! Wegen Seuchengefahr Zutritt verboten! Dies Schild trug dazu bei, dass niemand mehr die süßen Ferkel besichtigen oder zählen konnte. Und Betty wiederholte immer wieder ihre Behauptung, unser Hund habe eines der Ferkelchen gefressen,

wobei sie eine gewisse unnatürliche Dramatik entwickelte. Wochen später fehlte bei meinen eigenen heimlichen Kontrollen dann tatsächlich eines von Rosas Kindern. Auch fiel mir auf, dass Betty den Keller absperrte, wo doch sonst bei uns alle Türen offen waren. Des Öfteren verschwand sie in die Tiefen der Gewölbe. Manchmal folgte ihr, wenn es niemand beobachtete, auch meine Mutter und trug Küchenabfälle oder gekochte Kartoffeln in einem Kübel nach unten. Ich konnte mir keinen Reim darauf machen.

Im Herbst entdeckte ich dann plötzlich ein Fass, das vor der Kellertüre abgestellt worden war, und mein Vater, der wegen seiner schweren Krankheit an die Heimatfront versetzt worden war, sammelte Wacholderbeeren vom Strauch und kaufte eine große Menge Salz. Meine Großmutter schrieb »November, im Kriegsjahr 1944« in den Kalender und rieb sich ihre steifen Finger am warmen Kachelofen. Dieser wurde mit Unmengen von Buchenholz geschürt, wo wir doch

sonst immer nur feuchtes Fichtenholz verheizten. Merkwürdigerweise wurde jetzt, anders als sonst, auch nachts geheizt, was Betty übernahm. Sie ging spät ins Bett, und schlief in einer kleinen Kammer, durch die sich der Räucherkamin zog. Und alles geschah mit einer gewissen Heimlichkeit, in der Hoffnung, dass niemand von den fremden Hausbewohnern etwas bemerkte.

Und dann kam Weihnachten. Jeder im Haus, alle Hofbewohner und auch die Einquartierten, bekamen einen bunten Teller mit Plätzchen und Nüssen und obenauf lag eine Scheibe Schinken. Aber ich verstand immer noch nicht und rätselte, wieso es erst achtzehn, dann aber doch nur noch siebzehn Ferkelchen gewesen waren und warum Betty so hartnäckig unseren Hund verdächtigte, er habe eines der Schweinchen gefressen. Mein Freund Kurti aber, mit dem ich mein Stück Schinken teilte, erklärte: »Schwarzg'schlacht ham's, aber des derf neamd wiss'n – und i sog a nix!«

Peterls Schicksal / Hungerwinter 1946

»Heit nimmts'n mit!«, sagte der Kurti, »dann werd er von dera auf Weihnachten g'schlacht und g'fress'n.« Der Kurti, mein Freund und Klassenkamerad, deutete angstvoll in Richtung Waschküche, als wir um den heimatlichen Misthaufen kurften.

Es war Mittwoch, der letzte Waschtag vor Weihnachten. Der Tag, dem wir schon seit Wochen angstvoll entgegenzitterten. »Heit auf d'Nacht, wenns mit da Arbat fertig is, dann nimmts'n mit, den Peterl!« In Kurtis Stimme lag die dramatische Ankündigung eines endgültigen Schicksals, vor dem es kein Entrinnen mehr gab, vor dem weder er, noch ich, noch sonst irgend jemand unseren Hofkater würde bewahren können.

Noch aber war die Brunnerin, unsere Waschfrau, mit ihrer Arbeit nicht fertig. Das sah man am dichten, weißen Dampf, der mit dem Geruch nach schmutziger Wäsche und billigem Ersatzwaschpulver aus der geöffneten Waschküchentür quoll und sich über dem Obstgarten auflöste.

Wie üblich hatte keiner mit dem Essen auf uns gewartet. Aber wie an jedem Waschtag bekamen wir in der Küche des Bauernhauses noch ein paar Reste. Man hatte uns angebrannte Erbsensuppe und verbrannte Rohrnudeln übriggelassen. Beim Hinunterwürgen des kargen Mals überlegten wir, auf welche Weise wir den Peterl vor seinem grausigen Schicksal bewahren könnten.

Eigentlich gehörte der Kater Peterl niemandem. Er war einfach nur da, ebenso wie die Miezi, die Murli und die anderen Katzen auch. Sie wurden vor allem von unserer Köchin Betty gefüttert, aus dem Hühnerstall vertrieben und oft von den Knechten recht lieblos behandelt. Es hieß: »Meis soin's fanga, des is de Katz'n ihr G'schäft«.

Aber der Kater Peterl war sich zum Mäusefangen zu fein! Er tat immer so, als müsse er nur auf seine Katzendamen aufpassen, wie der Gockel auf die Hühner, um sich dann faul im Heu zu verstecken und den Tag zu verschlafen. Außerdem liebte er den Kurti, schnurrte und schmuste um ihn herum, kletterte nachts am Spalier des Nachbarhofes hinauf und sprang durchs geöffnete Fenster zum Kurti ins Bett. Manchmal begleitete er uns sogar bis zur Schule. Er wartete dann meist im Dorf, bis wir beim Zwölf-Uhr-Läuten wieder auftauchten, und lief dann die Stunde Fußweg wieder zurück mit nach Hause.

An diesem besonderen Mittwoch schlich der Peterl träge über den Hof. Als wisse er um sein Schicksal, strich er uns um die Beine und maunzte uns kläglich an.

»I woaß des g'wiss, dass de den auf d'Nacht mitnehma derf! Des hot die Brunnerin mit der Betty scho lang ausg'macht, Aber des oane sog i dir, nacha brauch i des Christkindl a nimma. Dann scheiss i do glei auf des ganze Weihnachtn, wenn mei Mama so gemein is!« »Scheiß« war für den achtjährigen Kurti die einzige Form, um Niedertracht in Worte zu fassen.

Wir begleiteten den Peterl zu seinem Schlupfwinkel in die Tenne. Dann drehte sich der Kurti zur Seite, weil ich seine Tränen nicht sehen sollte, bohrte mit einer seiner Stiefelspitzen im Schnee und ließ mich schließlich stehen.

Später hingen die gebürsteten weißen Bettücher schon steif gefroren auf der Leine. Es dämmerte bereits. Die Frauen waren in die Küche zur Brotzeit verschwunden. Uns hatten sie ausgesperrt, weil die Brunnerin mit der Betty etwas zu besprechen hatte, wie sie sagten.

»D'Betty haut mi, wenn mir den Peterl versteck'n. Ausg'macht is ausg'macht. Da kennan mia jetzt nia nix mehr macha!«, kommentierte der Kurti mit Grabesstimme hoffnungslos die Geheimsitzung in der Küche.

Bereits im Sommer waren sich die beiden Frauen über das Geschäft mit dem Peterl einig geworden. Das hatten wir durch eifriges

Lauschen an geschlossenen Türen vor Wochen in Erfahrung gebracht. Im Herbst hatte die Betty außerdem damit begonnen, den Peterl mit kleinen extra Portionen Fleisch und in Milch eingeweichte Semmelbrockerl zu mästen. Seither kreisten unsere Gedanken um diesen letzten Waschtag vor Weihnachten.

»Es gibt Leut, de sog'n d'Stoihas'n schmeckan auf Weihnachtn ned so guat, wia a Koder, wenn er vorher kastriert wordn is, hot mei Papa gestern auf d'Nacht g'sagt.« Der Kurti redete sich erneut seinen Kummer vom Herzen und ich teilte seinen Schmerz, indem ich ihm mein Dirndlschürzerl zum Schneuzen hinhielt.

Am Abend verstaute die Brunnerin Waschbürsten und Holzschuhe in ihrem großen Rucksack und kassierte bei meiner Mutter Geld, Eier, Speck und andere Köstlichkeiten, die wir selbst kaum noch hatten, denn es war Krieg. Dann hatten es alle, sogar meine Mutter, plötzlich eilig, aus der Küche zu verschwinden. Den Kurti und mich hatten sie dieses Mal in der Eile ganz übersehen. Die Brunnerin aber blieb und machte den Eindruck, als warte sie ungeduldig auf jemanden. Gelangweilt schwang sie ein Stück Schnur mit ihren vom vielen Waschen aufgequollen Fingern wie ein Lasso umher. Dann genehmigte sie sich einige Stamperl Schnaps, den meine Eltern heimlich im Keller schwarz brannten. Meine Mutter hatte nämlich vergessen, die Flasche wegzuräumen.

Endlich kam die Betty mit dem greinenden Kater auf dem Arm zurück in die Küche. Das Unfassbare geschah: Obwohl wir uns schreiend dazwischen warfen, mussten der Kurti und ich hilflos mit ansehen, wie die Frauen unseren Liebling mit roher Gewalt in den Rucksack der Brunnerin stopften. Uns zeternde Kinder sperrte man schließlich im Klo ein.

Während wir uns aus dem engen Fensterl des Kabinetts zwängten, beteten wir um ein Wunder und riefen den Schutzheiligen aller Tiere, den Heiligen Leonhard, um Hilfe an. Auch die Heilige Maria sollte sich unseres Katers annehmen. Aber die Leitung zum Himmel war offenbar gerade gestört. Selbst der Allerhöchste, den wir in unserer Not anflehten, wollte sich nicht auf den Handel einlassen, bis zum Neuen Jahr kein einziges Plätzchen mehr zu essen, wenn nur der Kater nicht mitgenommen würde. Kein Wunder geschah und kein göttlicher Sendbote fuhr mit dem Flammenschwert auf die Brunnerin hernieder, als sie im winterlichen Schneetreiben ihren fetten Hintern auf das klapprige Fahrrad schwang und mit dem schweren Rucksack auf ihrem breitem Buckel schwankend in der Dunkelheit davon fuhr.

Tags darauf fühlte sich der Kurti so schlecht, dass er sich ins Bett legen musste. »Die Betty hot zu meiner Mama g'sagt, i kriag auf Weihnachtn fünf Mark für mei Sparbüchs'n. Sie mog's nimma ham, weil's ihr die Brunnerin für den Peterl geb'n hat. Aber i nimms ned«, schluchzte er. Ich saß an seiner Seite und konnte ihn nicht trösten.

Erst am nächsten Morgen stand er wieder auf, weil sein Papa schrie: »Wennst ned glei aufstehst, du Saubua, nacha hau i dir an Arsch voi!« Drei Schultage standen uns noch bevor, dann war Weihnachten.

Dieses Jahr konnte ich mich gar nicht freuen, als meine Eltern nach dem Läuten des Glöckchens die Tür zum Wohnzimmer öffneten und sich das Licht der Kerzen in all den bunten Kugeln am Christbaum spiegelte. Ich schaute zur Krippe mit den vertrauten Figuren von Josef und Maria, dem Jesuskind, Ochs und Esel. Aber ich dachte an meinen Freund Kurti und an den Kater. Der Kummer drohte, mich schier zu erdrücken.

Später schlich ich mich heimlich aus dem Zimmer. Vorsichtig öffnete ich die Stalltüre, schlüpfte in das Dämmerlicht des warmen Kuhstalls und kuschelte mich auf einen Heuberg am Futtertisch. In der Nische beim Heiligen Leonhard flackerten zwei Kerzen. Einige Kühe muhten zufrieden und klirrten leise mit den Ketten. Dann öffnete sich die Tür. Ich sah, wie der Kurti hereinschlüpfte. Auch er hatte die weihnachtliche Stimmung zu Hause nicht ertragen. Wir saßen zusammen im Heu, sagten nichts und waren traurig.

Und dann geschah doch noch ein Wunder. Ein graues, abgemagertes Bündel tapste plötzlich mit blutigen Pfoten um uns herum und erzählte uns aufgeregt schnurrend und maunzend seine ganze Geschichte: Der Peterl war der Brunnerin ausgekommen. Nach acht Tagen hatte er endlich heimgefunden. So ist an diesem Weihnachtsabend für den Kurti und mich doch noch das Christkind gekommen.

Erbsensuppe, die es am Waschtag gab

Großmutter weichte am Abend vor dem Waschtag nicht nur ihre schmutzige Wäsche ein, sondern in einer Schüssel auch gelbe und grüne getrocknete Erbsen. Heutzutage nehmen wir:

500 g Erbsen aus der Dose, 5 bis 6 mittlere Kartoffeln,
2 gelbe Rüben (Möhren), 1 dünne Stange Lauch, 1 große Zwiebel,
1/4 Sellerieknolle, 200 ml Rahm (Sahne), 250 g Topfen (Quark),
500 ml Milch, ca. 2 bis 2,5 Liter Wasser, je nachdem, wie dick
die Suppe werden soll. Suppe dickt nach!
Brühwürfel nach Geschmack, 1 TL Kümmel, 1/2 TL Majoran,
Peffer und Salz zum Würzen, 1 Bund Petersilie und Schnittlauch
1 bis 2 Lorbeerblätter, 2 bis 3 Esslöffel Fett, Öl, Speck (keine Butter).
Großmutter bereitete die Suppe im Krieg ohne Fett zu.

Kartoffeln schälen und in kleine Würfel schneiden.
Gemüse putzen, gelbe Rüben und Sellerie würfeln, Zwiebeln halbieren und klein schneiden, Lauch in Ringe schneiden.
Fett im Topf erhitzen. Kartoffeln, Zwiebeln und Gemüse darin andünsten. Mit heißem Wasser aufgießen. Kümmel, Salz, Brühwürfel und Lorbeerblätter dazu geben. Sanft durchkochen, bis alles weich ist. Dann erst die Milch, den Rahm und die Erbsen aus der Dose (Wasser vorher abgießen) und den Majoran dazu geben. von der Kochstelle nehmen. Topfen (Quark) hineinrühren. Dann nicht mehr kochen, da der Topfen gerinnt, falls die Suppe nochmals kocht. Abschmecken mit Pfeffer und Salz. Klein gehackte Petersilie und Schnittlauch darüber streuen und servieren. Dazu schmeckt ein Stück Bauernbrot.
Vorsicht: Suppe brennt leicht an!

Herzenswärmer

Im Herbst 1942 kam ich in die Schule! Der Ernst des Lebens begann! Fortan stapfte ich also den weiten Weg hinunter ins Dorf und saß mit den Kindern der ersten bis vierten Klasse zusammen in einem Raum. Manchmal verglich ich die Lehrerin mit einer Löwenbändigerin, weil sie mit einem Rohrstock kleine Schläge auf unsere Hände verteilte. Das geschah meist, wenn sie wütend war. Aber sie hatte es sicher nicht immer leicht, musste sie doch alle vier Jahrgangsstufen gleichzeitig unterrichten. Auch mein Respekt vor ihr war groß, besonders, da mir vorher niemand gesagt hatte, wie schwer Schreiben und Lesen zu lernen sein würde. Und es gelang mir nicht immer, meine Gedanken bei dieser Arbeit festzuhalten. Sie flogen zum Fenster hinaus, nahmen Buchstaben und Bilder mit sich und begegneten auf ihrer abenteuerlichen Reise Kobolden, Elfen und anderen Gestalten.

Als aber die Lehrerin meine Finger mit einem langen Wollfaden an vier Nadeln fesselte und mir erklärte, was ich mit der fünften zu tun habe, begann eine schwere Zeit für mich, die im Handarbeitsunterricht meist mit Tränen und einer doppelten Hausaufgabe endete! »Wir benötigen bis zum Winter eine ganze Menge, auch Du strickst Pulswärmer!«, sagte sie ohne Gnade und zwang mir erneut Wolle und Nadeln in meine steifen Hände.

Wir hatten die Kartoffeln geerntet, die Kühe standen bereits im Stall und wurden schon mit Heu gefüttert und morgens, wenn ich losmaschierte, lag Reif über den Wiesen. Ich musste Handschuhe anziehen, und die letzten Zugvögel waren in den Süden abgeflogen.

»Das dritte Kriegsjahr«, schrieb meine Großmutter in ihr Tagebuch und fügte hinzu: »Es wird einen strengen Winter geben, wir haben die Doppelfenster eingesetzt und mit Moospolstern abgedichtet.« Ich führte meinen eigenen Krieg mit diesen verdammten Pulswärmern, sammelte heruntergefallene Maschen, trocknete meine schweißnassen Hände und krümmte den Zeigefinger um die Wolle, so dass ich glaubte, er müsse für immer steif bleiben.

Abends saßen meine Mutter und Großmutter zusammen mit mir in der Nähe des wärmenden Kanonenöfchens. »Kind, das lernst du nie, gib mal her!«, sagte meine Großmutter und nahm mir das Gewirr von Nadeln und Wolle aus der Hand. »Dafür holst du mir bitte noch meinen Herzenswärmer.« Es war nicht sehr warm im Raum, sie brauchte sicher ihren Schal. Aber ich wurde zum Schrank geschickt. Der Cognac war gemeint! Großmutter hatte ihn noch aus Vorkriegszeiten gerettet. Während ich meiner Mutter zusah, wie sie einen alten Wollpullover wieder zu einem Wollknäuel aufrollte, was sie mit allen alten Wollsachen versuchte, denn es gab keine neue Wolle mehr zu kaufen, dachte ich über den Herzenswärmer nach. »Ach, hol mir auch einen!« Jetzt lief ich für meine Mutter in die Küche und stibitzte eine Birne, die dort an einen Faden geknotet zum Trocknen an der Ofenstange über dem Herd neben den Socken hing.

Es kam der erste Advent. Im Haus duftete es nach Bratäpfeln, Bienenwachs und Weihnachtsgebäck. Manchmal vermischte sich auch der Geruch verbrannter Plätzchen mit dem säuerlichen Geruch von Silage, mit der im Winter die Kühe gefüttert wurden. Mit den dunklen Dezembertage senkte sich früh eine für uns Kinder geheimnisvolle Dunkelheit über das Land und in mir begann sich die Vorfreude auf das Weihnachtsfest auszubreiten. Das Christkind hatte bereits den Wunschzettel vom Fensterbrett geholt und dabei einen Silberfaden verloren. Die Barbarazweige, die wir am 4. Dezember vom Kirschbaum geschnitten und ins Haus geholt hatten, begannen zu treiben. Und auf geheimnisvolle Weise strickte mir nachts ein Heinzelmännchen die blöden Pulswärmer fertig, so dass ich bei der Lehrerin ein unverdientes Lob einheimste.

Am fünften Dezember erschien nach der Stallarbeit der heilige Nikolaus in unserer Küche. Ich stotterte vor ihm ein Gebet herunter, überlegte, woher er all meine Fehler und kleinen Vergehen kannte, aber nichts von den Pulswärmern wusste, die ich nicht gestrickt und dafür doch gelobt worden war. Ich fürchtete mich schrecklich vor dem kettenrasselnden Krampus, der die Worte des Nikolaus mit kleinen Rutenschlägen kommentierte und mir androhte, mich in seinen Sack zu stecken. Dann wurden wir mit Äpfeln und Nüssen beschenkt und der Nikolaus, der mich irgendwie an einen entfernten Onkel erinnerte, fragte nach meinen Wünschen: »Was ist ein Herzenswärmer?«, fragte ich zitternd, wobei mir die Stimme fast versagte. Denn da jeder etwas anderes mit diesem Begriff verband, stellte ich mir inzwischen dieses Ding weit und groß und wärmend wie einen Fußsack vor. Nur dass man statt der Füße den Oberkörper hineinsteckte und somit das Herz wärmte. Der heilige Mann brummte in seinen weißen Bart und meinte, das sei sicher das Gegenstück vom Liebestöter. Die dicken, aus kratzender Wolle gestrickten Unterhosen, die wir im Winter trugen, wurden so genannt. Und ich staunte, dass ein heiliger Mann wie der Nikolaus sich mit Unterhosen auskannte, ohne zu wissen, was ein Herzenswärmer war.

23. Dezember, notierte meine Großmutter in ihr Tagebuch, und mein Vater kam aus Russland. Er hatte Urlaub bekommen. Er wirkte fremd und grau, roch anders, erzählte von der Ukraine, dem weit entfernten Land und schickte mich aus dem Zimmer, wenn er mit den Erwachsenen sprach: »Weisst Du was ein Herzenswärmer ist?«, versuchte ich von ihm zu erfahren. Mein Vater wusste auf vieles eine Antwort: »Natürlich, Kind.« Er zog mich liebevoll an sich. »Deine Pulswärmer, die du mir im Feldpostpäckchen geschickt und aus bunter Wolle gestrickt hast, das sind meine Herzenswärmer!« Ich schaute ihn verständnislos an. Machte er sich lustig über mich?

Dann öffnete ich das letzte Fensterchen im Adventskalender und wir feierten Weihnachten. In diesem Jahr durfte ich nachts mitgehen in die Christmette. Es stürmte und schneite und wir stapften den schneeverwehten Weg hinunter zum Dorf. Mein Vater trug eine kleine Laterne und ich hielt seine Hand. Von weitem begann die kleine Kirchenglocke dünn zu läuten Es gab nur noch diese eine Glocke. Die großen Glocken, mit ihrem schönen Geläut, waren vom Turm geholt und für kriegswichtige Geräte eingeschmolzen worden. Und je näher wir zur Kirche kamen, um so mehr kleine Lichter tauchten im tanzenden Flockenwirbel in der Dunkelheit auf. Mir schien, sie sammelten sich vor der Kirchentür zu einem leuchtenden Stern, der dann vom mystischen Halbdunkel des Gotteshauses verschluckt wurde. Denn es war Verdunkelung befohlen. Und das galt auch für die Heilige Nacht.

Nach einem besinnlichen Gottesdienst sangen wir das letzte Lied: Stille Nacht, Heilige Nacht. Mir wurde in der Dunkelheit der Kirche, in der nur einige Kerzen schimmerten, so feierlich und warm ums Herz, dass ich zu weinen begann.

»Christus ist geboren worden und hat uns in dieser schweren Zeit sein Licht der Liebe gebracht und unsere Herzen geöffnet für den Frieden auf Erden. Es segne und behüte euch der Herr! Geht in seinem Schutz. Ich wünsche euch frohe Weihnachten!«, sagte der Pfarrer. Wir standen noch eine Weile im Schnee, bevor wir uns wieder auf den Heimweg machten. Mein Vater begrüßte unsere Nachbarn, sprach mit Bekannten. Da drückte jemand einem anderen die Hand und nahm ihn in den Arm, dort wurde ein Päckchen getauscht und ich hörte viele gute Wünsche, auch tröstende Worte. Und da wusste ich es! Das was man sich oder Anderen zuliebe tut, das sind die Herzenswärmer, nach denen ich gesucht hatte.

Mein Firmtag

So hatte ich ihn mir eigentlich nicht vorgestellt, den heiligen Tag, wie ihn unser Pfarrer nannte: Meinen Firmtag!

Unser Pfarrer. Schon Wochen vor dem großen Ereignis sprach er im Religionsunterricht von nichts anderem mehr. Seine Vorstellung von frommen Liedern und Gebetstexten, die wir, die Firmlinge, in kurzer Zeit auswendig lernen, einzeln aufsagen oder auch vorsingen sollten, grenzte an religiösen Stress. Zwar war dieses Wort zur damaligen Zeit noch nicht im Sprachgebrauch, aber selbst meine Mutter, die evangelisch war, bemerkte, das, was der Pfarrer da verlange, sei eine Zumutung für die Kinder! Und es war Frühling!

Lieber saßen wir unter dem blühenden Apfelbaum im Schulhof zusammen, lauschten dem Gezwitscher der Vögel und den summenden Bienen. Aber der Einfluss unseres Religionslehrers und die respektvolle Furcht vor seiner Strenge waren groß! »In der Furcht des Herrn«, wie mein Vater bemerkte, wenn ich ihm aus der Schule berichtete und die Worte des Geistlichen wiederholte: »Kinder bereitet euch darauf vor, Gott im Heiligen Geist zu begegnen!« Meine Mitschülerin Liesi glaubte zwar mehr an das Firmgeschenk ihrer reichen Patin, als an die Aufnahme in die Gemeinschaft der Gläubigen! Trotzdem war sie es, die sich regelmäßig vordrängte, um eines der gelernten Gebete herunterzuleiern. Jedoch nur, um beim Pfarrer Eindruck zu schinden! Allen als frommes Vorbild vorgestellt und mit einem »Fleißbillett« beschenkt, schwätzte sie anschließend ungeniert mit ihren Banknachbarn weiter, ohne vom gestrengen geistlichen Herrn sogleich mit »Tatzen« bedroht zu werden. Vor diesen »Tatzen« – Schlägen auf die Handinnenflächen – fürchteten sich sogar die Buben! Der Rohrstock, den unser Herr Pfarrer für diese Form der Strafe wählte, war nämlich gesplittert und zwickte bei gezielten Schlägen, worauf sich blutige Blasen oder blaue Flecken bildeten.

Ob ihr die Mama die Zöpfe wohl zum »kraus werden« in Zuckerwasser tauchen und sie Stopsellocken tragen dürfe, das waren die Sorgen der Liesi! Überhaupt spielte bei uns allen der Ablauf des weltlichen Teils dieses Tages eine bedeutende Rolle! Sicher bekam die eine oder andere von ihrer Firmpatin unser aller Wunschtraum erfüllt: eine Armbanduhr! Denn für genügend Butter, Eier, Schmalz und auch ein Suppenhuhn ließ sich viel eintauschen. Gab es da nicht einen sogenannten schwarzen Markt, von dem keiner redete, aber alle wussten! Auch wir Kinder flüsterten darüber! Und Kuchen wollten wir alle essen: Süß, mit Buttercreme und Schlagrahm drauf, und ohne Marken sollte man ihn bekommen!

»Wenn der Kardinal und nicht der Weihbischof zur Firmung nach Miesbach kommt, so ist das die größte Ehre für euch Kinder«, verkündete der Pfarrer zuletzt und legte uns in der Beichte für die lässlichen Sünden größere Bußen auf. So kam niemand außer der Liesi auf die Idee, schwere Sünden, besonders des sechsten Gebotes zu erfinden, nur um zu erfahren, wie hoch die Buße dann ausfallen würde!

»Und ihr habt alle mit den Paten pünktlich um neun in der Kirche zu sein und in den reservierten Bänken zu knien! Eine Ausrede gibt's bei mir nicht!«, befahl unser Pfarrherr und setzte hinzu: »Sonst hot's wos, ihr Bauernfratzen.«

Nun muss man wissen, dass Miesbach, unsere Kreisstadt, acht Kilometer entfernt liegt und alle Firmkinder mit Paten, mangels Verkehrverbindungen, mit dem Pferdefuhrwerk dorthin gebracht werden mussten.

Das Unglück meines Firmtages begann bereits beim Wecken und Aufstehen: Es regnete in Strömen. »Die Schafskälte, vielleicht kommt mittags die Sonne raus«, tröstete mich meine Mutter. Der Himmel war finster und bei mir kullerten die ersten Tränen.

Ich würde sicher in dem dünnen Kleid, das ich von meiner älteren Schwester geerbt hatte, frieren. Eine passende weiße Strickjacke besaß ich nicht und die weißen Strümpfe passten mir auch nicht, sie waren zu klein! Obwohl ich zog und zerrte, die aus grobem weißen Garn gestrickten und verwaschenen Dinger wurden dadurch weder weiter noch länger. Außerdem kratzten sie! Ich musste sie an vier langen Gummibändern, die vorne und hinten an ein kurzes Leibchen genäht waren, einhängen. Das heißt, an die Gummibänder waren große Knöpfe genäht und an den Strümpfen hingen die dazugehörigen Schlaufen. Erfahrungsgemäß ahnte ich, wie es aussah und schmerzte, wenn die Knöpfe hinten im Sitzen tiefe Muster in meinen Po drückten und vorn die festen Gummibänder dagegenzogen und mich beim Gehen fast einknicken ließen.

Passend zu meinem Kleid und im Gegensatz zu den zuckerwassersteifen Frisuren der Schulfreundinnen, wünschte ich mir kleine Zöpfchen. Eine Flechte würde es sicher noch ergeben. Denn meine Mutter hatte Tage zuvor bestimmt, dass der Frisör mir zu meinem großen Kummer und ohne Rücksicht auf meinen Protest die Haare abschnitt. »Ein Bubikopf ist viel moderner«, war mir erklärt worden. Und da weinte ich an diesem Tag erneut, denn wir hatten keine weißen Haarschleifen im Haus und in der Aufregung der vergangenen Tage hatte niemand daran gedacht, diese irgendwoher aufzutreiben. Aufregung gab es für die Erwachsenen und besonders für meine Eltern genug!

Man schrieb den 18. Juni 1948. Die Währungsreform war über Nacht verkündet worden. Die Erwachsenen standen mit schmalen Lippen und sorgenvollen Gesichtern im Haus herum und redeten etwas von Kopfgeld, von wertlosem und altem Geld, das man jetzt verbrennen könne. Was war das für ein Gerede? Hatte nicht mein schwerkranker Vater noch wenige Tage zuvor unsere beste Milchkuh gegen eine größere Summe an den schlitzohrigen Viehhändler, Liesis Vater, verkauft? Nur weil er dringend Geld brauchte, um Medizin und den Doktor, der fast täglich kam und oft auch bei Wind und Wetter nachts seinetwegen gerufen werden musste, bezahlen zu können!

Doch was kümmerte mich, ein zwölfjähriges Mädchen, die Sorgen der Erwachsenen, wenn es glaubt, der wichtigste Tag in seinem Leben sei angebrochen.

Ich sah mich schon in der Kirche stehen, hinter den anderen! Ich hörte sie förmlich hämisch flüstern: »Ned amoi Haarschleifen hods', und kurze Haar!«

Alle würden mit ihrem langen gekrausten Haar und weißen Blumenkranz wie Engel aussehen. Und alle, bestimmt auch der Kardinal, würden mich anstarren, wegen der Rattenschwänzchen, dem Bubikopf und wegen meiner städtischen Firmpatin! Denn das war der dritte Kummer, der mich schon länger quälte. Hätte ich doch meine Nachbarin zur Patin wählen dürfen. Sie hätte mich liebevoll wie immer angelacht und mir zu Ehren ihre schöne Tracht mit dem seidenen Tuch und der rosa Schürze getragen. »Du nimmst die Frau von unserem Hausarzt«, bestimmte meine Mutter ohne Widerrede. »Wir sind dem Doktor sehr verpflichtet!« Was sollte ich dagegen einwenden? Es wurde langsam Zeit, dass die Patin mich abholte. Schon hörte ich Peitschenknallen und Hufe klappern, die Firmlinge mit ihren Paten wurden zweispännig Richtung Miesbach kutschiert. Und ich? Langsam wurde ich ungeduldig. Wo blieb sie jetzt, meine Patin? Sie wollte mich doch mit dem Auto abholen, das war doch wenigstens etwas!

Ich hockte in der Küche, dem einzig warmen Raum. Plötzlich machte es »ritsch, ratsch«: Stoff wurde zerrissen. Ich beobachtete, wie meine Mutter von meinem einzigen weißen Nachthemd mit dem winzigen Röschenmuster zwei Streifen abriss! Diese band sie mir als Haarschleifen ins Haar. Diesmal weinte ich nicht, weil ich nicht wollte, dass meine liebe Mutter auch traurig wurde, obwohl mir die Fäden vom Stoff in die Augen hingen. Ich sagte auch nichts, wenngleich mir das Herz vor Angst flatterte, beim Gedanken daran, dass ich allein mit dieser Frau Doktor, meiner Patin, die ich nicht kannte, nach Miesbach fahren musste. Niemand sonst würde mich begleiten! Der Doktor hatte ein Auto! Ein Wunder in dieser armen Zeit und seine Frau durfte es mir zu Ehren heute benützen! Wo sie nur blieb? Längst waren die letzten Pferdekutschen vorbeigefahren, mahnend tickte die alte Standuhr!

Es wurde später und später, die Firmung würde ohne mich stattfinden! Dabei hatte ich mich so darauf gefreut! Und dann ratterte ein kleiner, rauchender und stinkender Lastwagen auf den Hof. Ein Holzvergaser! Aus dem Führerhaus neben dem Fahrer stieg meine Patin! Nervös, erhitzt, in einem schrecklichem Kleid und mit schiefem zerbeulten Hut auf dem Kopf! Ich wurde ins Auto gezwängt, hörte kaum das Gemurmel: »Eigenes Auto … kaputt … kein Benzin … keine Hilfe … endlich jemanden gefunden, der fährt … und an allem die Währungsreform schuld.«

Der große Mann, der das Auto steuerte, schaufelte einige Holzstücke in ein Rohr, das auf der Seite des Lastwagens angebracht war. Was die Abfahrtszeit nochmals verzögerte. Er rüttelte an einem Rost, über dem ein Feuerchen glühte. Endlich konnte die Reise losgehen und es schüttete immer noch. Es war sehr eng in dem kleinen Führerhaus. Der glänzend schwarze Stiefelschaft des Chauffeurs drückte sich fest an mein linkes Bein. Und als wir in Miesbach aus dem Auto kletterten, hatte ich einen schwarzen und einen weißen Strumpf an. Der Gottesdienst meiner Firmung erreichte den Höhepunkt, aber meine Patin und ich knieten nicht in einer der reservierten Bänke, vorne in der Nähe des Altars! Wieder kullerten bei mir die Tränen! Dicht gedrängt an den viel zu kurzen Rock meiner Patin schlich ich mit ihr hinein, nach hinten in die überfüllte Kirche.

Zu so einem Firmkind, wie ich eines war, dachte ich unglücklich, würde der Heilige Geist bestimmt nicht kommen, dessen war ich mir sicher. Während wir uns ins Dunkle, auf die Treppe zur Empore quetschten, flüsterte mir meine Patin energisch zu: »Jetzt ziehst du ganz schnell deinen Strumpf aus und ich dreh ihn dir um!« Wir hatten höchste Eile, denn schon stellten sich die Firmlinge unserer Pfarrei vorne im Kreis um den Altar auf. Noch kämpften wir mit dem Strumpf, dann mit den Gläubigen, die uns nicht nach vorne gehen lassen wollten! Energisch schob mich meine Patin durch das Gedränge und irgendwie haben wir es geschafft, in letzter Minute doch noch in den Kreis der Firmlinge zu gelangen. Kardinal Faulhaber zeichnete mir mit Chrisamöl ein Kreuz auf die Stirn und nannte meinen Namen. Ich blickte in zwei gütige Augen. Da war es plötzlich hell und heilig um mich, alles war gut! So ist der Heilige Geist wohl doch auch zu mir gekommen.

Es regnete immer noch leicht, als wir aus der Kirche gingen und der Photograph war auch da. Die Frau Doktor führte mich eilig über den Marktplatz zum Waitzingerbräu und bestellte auf Marken zwei Stammgerichte, weil es sonst nichts anderes gab! Rüben mit Kartoffeln, und ich hatte Hunger! Endlich holte sie aus ihrer Tasche das langersehnte Firmgeschenk. Das Päckchen war ein bisschen groß für eine Armbanduhr. Vielleicht war es ein Wecker, den wünschte ich mir ebenso sehnlichst. Dann wollte ich an diesem Tag erneut weinen, schluckte jedoch die »Wasserburger«, die mir so heiß aufstiegen, tapfer hinunter, weil ich doch gerade gefirmt worden war! Von jetzt ab, so hatte ich es mir in der Kirche vorgenommen, wollte ich mich doch mehr dem geistigen Leben zu wenden und auf die irdischen Freuden verzichten. Die Prüfung Gottes begann sofort!

Aus vielen Lagen Seidenpapier wickelte ich einen kleinen, hässlichen Keramik-Elefanten. Ich stellte ihn vor mich auf den Tisch und schaute ihn an. »Ist der nicht süß? Der gefällt dir sicher«, klang es aus dem Mund meiner Patin, die mir gegenübersaß und freundlich lächelte. Wenn nur die grünen, aufgemalten Blümchen auf dem dicken Hintern meines Geschenks nicht gewesen wären. Die gaben mir den Rest.

Mein Firmtag war für mich erledigt und als ich endlich abends wieder in meinem Bett lag, war ich froh. Meiner Patin aber bin ich trotz allem immer noch dankbar wegen dem Strumpf!

Abschied von meinem Freund

Es ist Winter geworden und der Schnee hat die bunte Herbstwelt weiß zugedeckt. Bald ist Weihnachten. Die Barbarazweige, die ich geschnitten habe, beginnen zu treiben. Gestern ist mein guter Freund gestorben.

Wir haben uns lange gekannt.

Ich war noch ein Schulkind, da war er schon alt. Aber die Jahre zwischen uns waren unwichtig. In seiner Nähe zu sein machte mich glücklich. Wenige Schritte nur waren nötig, um zu ihm zu gelangen, und es verging fast kein Tag, an dem ich ihn nicht besuchte. Denn es war still an seiner Seite und das tat gut.

In warmen Sommernächten, wenn der Vollmond die Welt silbern beleuchtete und auf meine Bettdecke blasse Streifen zeichnete, hatte ich oft Sehnsucht nach ihm. Und ich musste all meinen Mut zusammen nehmen, um in aller Heimlichkeit leise aus dem Fenster zu klettern. Den Stamm des wilden Weines, der die Balkonbrüstung umrankte, benutzte ich als Leiter. So gelang es mir mit einigen Schwierigkeiten, auf den Kiesweg vor dem Haus zu springen. Barfuß und im Nachthemd stapfte ich durchs taufeuchte Gras und fand den Weg zu ihm.

Unruhig schlich auch die Katze in nächtlichen Stunden durch ihr Revier. Wenn wir uns begegneten, umschnurrte sie meine Beine und begleitete mich durch den Schatten des träumenden Gartens. War mein guter alter Freund in diesen Nächten auch wach? Wartete er bereits auf mich? Immer war es gut, bei ihm zu sein, denn ich konnte ihm meine großen und kleinen Sorgen anvertrauen. Er hörte mir zu, er ließ mich reden und schwieg. Auch wenn ich nur in die Wolken und in den Himmel träumte, störte er meine Phantasien nicht.

Oft habe ich meinen Kopf an ihn gelehnt, habe mit ihm geplaudert, gelacht und manchmal auch geweint. Ich kann es nicht erklären, wie er mit mir geredet hat, wie seine Liebe und Sprache zu verstehen war. Nur im Licht des Mondes und in der Stille der Nächte habe ich es erahnt. Es war der Zauber, der ihn umgab, ein Zauber, der die Herzen der Menschen öffnet, um die Stimmen des Lebens, die Melodie der Gedanken zu hören.

Wenn die Sterne funkelten und er leise, zärtlich zu mir wisperte, tat er mir hin und wieder auch laut knarrend und ächzend kund, dass es jetzt genug sei mit meinem Gerede und ich endlich nach Hause gehen solle. Aber auch er hat mir in all den langen Jahren, da wir unsere geheimnisvolle Freundschaft pflegten, vieles erzählt. Von glücklichen und schlimmen Tagen, von den Stürmen der Zeiten habe ich erfahren und auch von den Tieren, die zu ihm kamen.

Gestern ist er gestorben, mein Freund.

Natürlich, er war alt, knorrig, krumm und schief, aber nicht krank! Der Herbststurm hatte ihn auf dem Gewissen. Eine kurze orkanartige Windböe hat ihn umgeworfen! Jetzt liegt er da! Die Altersschönheit seiner Jahre ist zerrissen, gebrochen, im Herzen zersplittert. Für mich gilt es, Abschied zu nehmen. Zuletzt möchte ich ihm sagen, wie dankbar ich bin für alles, was er mir gegeben hat. Es war eine lange, kostbare Zeit. Ich lege meine Hand auf ihn, streichle ihn liebevoll und berühre ihn zärtlich. Mein Nachbar stört die Stille meiner Gedanken. Er packt die Motorsäge aus, legt die Axt bereit …

Leise gehe ich weg, denn wie soll ich ihm erklären, dass ich um diesen alten Baum trauere, wie ihm sagen: »Er war mein Freund.«

Christl Fitz

Die Malerin, Designerin und Schriftstellerin Christl Fitz entdeckte schon in ihrer Jugend ihre künstlerische Ader. Bereits als kleines Mädchen fertigte sie Gebinde und Gestecke aus getrockneten Blumen. Christl Fitz machte später ihr Hobby zum Beruf und gründete als junge Frau eine alsbald florierende Kunstblumenwerkstatt. Ihre exklusiven Kunstblumengebinde erlangten schnell internationales Ansehen und der handwerkliche Betrieb auf dem elterlichen Hofgut nahe dem Tegernsee entwickelte sich zu einem Unternehmen mit zeitweise über dreißig Angestellten. Für ihre Ideen auf dem Gebiet der Kunstblume erhielt Christl Fitz in den 70er Jahren den Internationalen Kunstgewerbepreis in Monte Carlo.

Neben Beruf und Familie fand Christl Fitz auch immer wieder Zeit, sich dem Malen und vor allem Schreiben zu widmen. Sie verfasste zahlreiche Artikel für verschiedene Zeitschriften, Kurzgeschichten für den Hörfunk, Bücher über Kunstblumen und Perlenstickerei sowie einen bislang unveröffentlichten Roman. In ihren Aquarellen wie auch in ihren Kurzgeschichten drückt sie ihre Liebe zu ihrer bayerischen Heimat und ihre Leidenschaft für die Schönheiten der Natur aus. Christl Fitz ist mit dem Schauspieler Gerd Fitz verheiratet und lebt mit ihrem Mann, Tochter Katharina, Schwiegersohn Alexander und Enkel Paulinus im bayerischen Voralpenland.